C H V

Wolf Wondratschek

Das Geschenk

Carl Hanser Verlag

1 2 3 4 5 15 14 13 12 11

ISBN 978-3-446-23679-0

Umschlag: Peter-Andreas Hassiepen, München
Satz: Memminger MedienCentrum AG, Memmingen
Druck und Bindung: Friedrich Pustet, Regensburg
Printed in Germany

»Sie sind das einzige Mädchen, das ich seit langer Zeit gesehen habe, das tatsächlich wie etwas Blühendes aussieht.«

F. Scott Fitzgerald

Für R. K.

Warum Gefühle zeigen?

Chuck geht die Straße runter
und wenn er jemand trifft, sagt er automatisch
Gut geht's mir, ja ausgezeichnet, tausendprozentig,
glaubs mir!
Und dann Sprüche wie
Ja, wir telefonieren, gut, okay,
Nein, ich weiß noch nicht, ob ich heut ins Kino geh!
Chuck trifft halb München,
setzt sich ins Capri,
starrt gleich aufs erste nackte Knie
und der erste Gedanke ist:
Bleib sitzen, bis sie wieder Weihnachtsbäume verkaufen
oder bis dir ungemütlich wird
und die Füße in den Turnschuhen anfangen zu schwitzen
oder bis ein Mädchen vorbeigeht
mit dem Kleid mit den Flugzeugen drauf, aus denen
Palmen wachsen
und daß ihr der Wind über die Schenkel weht –
zu welchen Träumen gibt das Anlaß?

»... weißt du, die hat viel Phantasie, viel Erfahrung,
aber in Wirklichkeit?« und wie die Sprüche heißen aus
dem geschminkten
Totenkopf der Eitelkeit.
Du machst es
Du bist es
Du verstehst es

Chuck beobachtet, wie sie geht
wie alle anständigen Frauen, die sich eines Tages
in Gedanken in die Toilette einschließen,
um ein paar der miesesten Angewohnheiten eines
fremden Mannes zu genießen,
und wieder tönt es irgendwo
Du machst es
Du bist es
Du verstehst es
Der Mann dürfte keinen Namen haben,
müßte erfolgreich sein
und könnte eigentlich nur aus dem Luftschacht da oben
kommen.
Da geht sie, Hemmungen hätte sie keine,
Lippenstift-Jäckchen,
das Gesicht so weiß wie die Knochen von Papa,
so unsichtbar wie Unterwäsche auf der Wäscheleine,
verliebt in den Gedanken ihrer völligen Versklavung,
zerfressen von Vitaminpillen,
um etwas jünger auszusehen.
Da geht sie,
Chuck könnte ihr die Juwelen, die sie schmücken,
einzeln ins Hautinnere drücken.
Oder sieht er das alles etwas zu kraß?
Vor allem wenn er zu Hause sitzt in seinem Zimmer,
zwischen den Mädchen mit dem aufgemalten
Hoffnungsschimmer,
zwischen den Freunden, die erzählen, daß sie, um nicht
durchzudrehen,
nicht mehr aus dem Haus gehen –

Chuck, der sein Kind liebt,
das nie zur Welt kommen wird.[1]

1 Gedicht aus »Chuck's Zimmer«, 1974

Einunddreißig Jahre später …

Chuck war pleite, und auf der hohen Kante hatte er auch nichts, aber Sorgen machte er sich deshalb nicht. Es war ihm egal. Es war ihm das Geld, das er nicht hatte, so egal wie das Geld, wenn es hereinkam. Aber es rächte sich. Geld spürt, wenn man es nicht mag.

Cus d'Amato, ein berühmter alter Boxtrainer, ein Mann, der viele Weltmeister hatte kommen und gehen sehen, war Gott dankbar, daß er nie auch nur annähernd so viel verdient hatte wie einige von denen, die, als sie zu ihm kamen, jung und mutig und stark waren und irgendwann, wenn sie Glück hatten, Champions wurden und Geld verdienten, viel Geld, die aber, als sie dann reich waren, nicht mehr die Kerle waren, die er als halbe Kinder auf der Straße aufgelesen, in sein Haus geholt, durchgefüttert, trainiert und wie ein Vater geliebt hatte[2]. Er wußte, wovon er sprach, wenn er von Geld sprach; das Geld hatte sie verrückt gemacht, die vielen Frauen, die dicken Autos, die sie fuhren, die Drogen, der Alkohol, bis sie schließlich wirklich verrückt waren, nur noch verrückt, krank und arm und verrückt. Sie hatten überlebt, hatten ihrer Mama ein Haus mit achtzehn Zimmern ge-

2 Einer von ihnen, der spätere Boxweltmeister im Schwergewicht Mike Tyson, kam als Halbwüchsiger direkt aus dem Gefängnis ins Haus von Cus d'Amato, nachdem der Anstaltsgeistliche den Trainer auf das Talent des Jungen aufmerksam gemacht hatte.

kauft (und bar bezahlt) und jetzt wollten sie, wovon sie schon als kleine Kriminelle geträumt hatten, wie verrückt leben, als gebe es kein Morgen. Es war nicht das Boxen, die harten Schläge, denen man, weil man sie nicht kommen sieht, nicht ausweichen kann. Es waren nicht die Siege, um die man sie betrogen hatte, es war das Geld, die Scheine, ganze Bündel davon, die ihnen ihre maßgeschneiderten Anzüge ausbeulten. Sie hatten es bei sich, wie Hafenarbeiter ihren Lohn einstecken, einfach so, in der Hosentasche. Es war hart verdientes Geld. Und es war zum Vergnügen da, zum In-die-Luft-Werfen. Und dort blieb es hängen! Es löste sich in Luft auf. Die Luft stank vor Geld. Und dann wurde es dunkel. Geld war ein Gegner, härter als alle, gegen die sie im Ring gekämpft hatten. Geld, hatte d'Amato gesagt, ist nur zu einem gut, daß man es von einem Zug aus Fremden zuwirft.

Was ganz das war, was Chuck dachte. Es ging weiter. Es hörte nicht auf. Nichts hörte auf, nicht plötzlich. Es gab immer eine Chance zu reagieren, und noch eine. Er kannte das. Und keinem erzählte er es lieber als seinem Sohn. Wichtiger als Geld war die Ruhe dessen, der keines hat.

Sein Sohn suchte gerade den Tisch nach einem Wurfgeschoß ab, um die Fliege zu treffen, die eine undichte Stelle in der Fensterscheibe vermutete und sie deshalb in immer neuen Attacken danach absuchte, bevor sie aufgab und zur Decke hinauf abdrehte. Die angebrochene Tafel Schokolade, die herumlag, interessierte ihn nicht, nur das Stanniolpapier, von dem er eine Ecke abriß und, ein Auge immer der Flugbahn der Fliege folgend, zu einem Kügelchen zusammenrollte.

Geld verdirbt einem die Armut, sagte Chuck, und

meinte es so. Es muß etwas bleiben, was man nicht hat, und nicht leicht bekommen kann, nicht zu seinen Bedingungen. Geld kostet was. Geld hat Hunger. Es ist eine Bestie. Es frißt dich auf. Es frißt, was es kriegt, deinen Verstand, dein Herz, deine Seele. Was bleibt, ist nichts, nur Angst, nackte Angst. Und was tut ein Mensch, der Angst hat? Er bewaffnet sich. Und mit was? Mit Geld! Er wollte wissen, ob sein Sohn darüber schon einmal nachgedacht habe, über Geld, über das, was Geld will, was es bedeutet, was es einem wert war. Man sagt, daß Geld Sicherheit bedeutet. Kann sein. Fragt sich nur, und ich frage das jetzt dich, wie abgesichert willst du leben? Wie viel Sicherheit ist sicher?

Der Junge wirkte bedrückt. Was Geld wert war? Was man, wenn man sie hätte, mit einer Million anfinge, meinte er das? Was war das, ein Verhör? Gab es, vorausgesetzt, man hatte Lust, sich darüber Gedanken zu machen, eine Antwort? Und welchen Sinn hätte sie? Es würde der Antwort, falls er eine hätte, nur die nächste Frage folgen, und noch eine. Oder nicht? Oder etwa nicht?

Nachgedacht, fragte er, warum? Was war damit? Was sollte damit sein? Was gingen ihn die Vor- oder Nachteile einer Sache an, die ihn nichts anging? Und außerdem, sah sein Vater nicht, mit was er beschäftigt war, daß es nur eine Frage der Zeit sein konnte, wann sich die Fliege auf dem Tisch niederlassen würde? Er brachte also besser schon mal seine Munition in Stellung.

Warum? Weil es dein Leben kosten kann, mein Sohn, darum!

Soweit er seinen Vater einschätzen konnte, war das seine Art, sich in seine Erziehung einzumischen. Er hatte immer solche Ideen, große Ideen. Und immer war man, wenn man sich darauf einließ, der Dumme. Man ging also besser in Deckung.

Was für ein Leben?

Deines. Damit niemand kommt und es stiehlt! Oder kauft! Damit es dir gehört, allein dir, und nicht eines Tages einem anderen, einer Firma, einem Konzern, einer Regierung! Deshalb! Du wirst herausfinden müssen, was das ist, Geld, was dich daran interessiert.

Sein Sohn saß wie erstarrt da, zusammengekrümmt und auf Augenhöhe mit der Tischkante, bereit zu feuern – was für Chuck kein Grund war, verärgert oder enttäuscht zu sein. Er wußte, daß Kinder das können, zuhören und nicht zuhören, beides gleichzeitig; er selbst hatte das perfekt beherrscht. Man muß nicht, um zu verstehen, stillsitzen. Das Gedächtnis funktioniert so nicht. An was sich jemand erinnert, hat mit anderen Qualitäten zu tun als der Autorität von Argumenten. Es ist, was hängenbleibt, der Klang einer Stimme, ihr Echo in den mit Vertrauen angefüllten Wärmespeichern des Herzens. Es geht nichts verloren, was einer sagt. Dagegen kam auch die Fliege nicht an, der im Moment, wie es schien, die ungeteilte Aufmerksamkeit des Kindes galt.

Zugegeben, als Chuck so jung war wie sein Sohn jetzt, hatte er über alles nur nicht über Geld nachgedacht. Warum auch. Waren Eltern da, war Geld da, und was brauchte man schon außer ein bißchen Taschengeld. Man war mit allem Möglichen (und natürlich viel Wichtigerem) beschäftigt, dem eigenen Körper vor allem und was man damit, mehr oder weniger heimlich, alles anstellen konnte, beschäftigt mit der Bande, mit der man sich traf, mit den harmlosen kleinen Angebereien untereinander, und wie man, wie in seinem Fall, aufhört, den Komparsen für die abzugeben, die in den Hauptrollen vorneweg rennen; vor allem war man allein schon damit ausgelastet, keinen Mist zu bauen, nicht in Anwesenheit der zwei, drei Mädchen, auf die es ankam – ein Thema, das man besser gar nicht erwähnte, kam es doch darauf an, dieses Interesse sogar sich selbst gegenüber herunterzuspielen. Und dann, ach Gott, beschäftigt mit allem, was einem sonst noch so durch den Kopf ging: den Wunsch, die Schule zu schmeißen, wie man eine Sache, egal welche, richtig oder falsch einfädelt, wie schwer es war, den Anfang einer Spur zu finden, der man folgen wollte.

Sich in seinem Kind wiedererkennen? Was sollen Ähnlichkeiten enthüllen? Der genetische Code? Was davon verrät uns ein Schicksal? Man könnte sich auf dem Bett ausstrecken und Stunden mit der Suche nach Antworten zubringen. Gab es Anhaltspunkte, die Chuck hätten Aufschluß geben können, welche verborgenen Talente in seinem Sohn schlummerten? Was für Träume wird er träumen, und welche wann begraben? Kein Interesse an Zinnsoldaten – hatte das was zu bedeuten? Schaute unter Teppiche – auf der Suche nach was? Seine auffallende Ungeschicklichkeit, Bälle, die man ihm zuwarf, zu fangen, überhaupt seine geringe Begeisterung für jede Art von Ballspielen, wovon er sich nie erholen sollte, und auch später für Fußballspiele nie etwas übrig hatte, Indiz für was? Und seine ewig frierenden Hände? War die Begabung, glücklich sein zu können, ein Glücksfall?

Im Hochsommer war ihm sein Sohn mit Strickmütze und einem dicken und viel zu weiten Pullover gegenübergesessen – und jetzt, in den ersten kühlen Herbsttagen, kam er angeradelt, in kurzen Hosen, mit nichts an als einem T-Shirt, auf dessen Vorderseite, schon etwas verwaschen, *Hamlet ist tot* zu lesen war.

Warum ist er tot?

Wer?

Hamlet.

Wer ist Hamlet?

Ihm lief die Nase, und der Schweiß lief ihm runter, was ihn aber alles nicht störte. Es war die Autorität der Jahreszeiten nichts, was Jungs seines Alters interessierte. Sie hatten andere Körper, anderes Blut, andere Verabredungen untereinander. Erwachsene verstanden das nicht. Väter sind nie jung gewesen, nicht in den Augen ihrer Söhne; und das wenige, was jung geblieben war, erschien ihnen kindisch.

Der Sohn lebte bei seiner Mutter, was nicht zu ändern war. Die Eltern redeten nicht mehr viel miteinander. Allenfalls etwas Schreckliches, ein Unglück, ein Schicksalsschlag, etwas mit dem Kind hätte sie veranlassen können, sich mitteilen zu wollen. Sie sprachen, wenn überhaupt und wenig originell, über nichts anderes als Geld, Geld, das Chuck zahlte, und das, was immer er zahlte, nie genug war. Aber gut, dachte Chuck, wenigstens vergesse ich so nicht ganz, welches verdienen zu müssen.

Vorsicht, sagte sein Sohn, Achtung, nicht bewegen. Er selbst hielt die Luft an, spannte den Zeigefinger über dem Daumen und zielte. Aber die Fliege war schneller.

Es gab Dinge, die nicht passieren sollten, eine Menge Dinge, wenn man erst einmal anfing, darüber nachzudenken, aber kein Geld zu haben gehörte nicht dazu. Es ließ Chuck kalt, knapp bei Kasse zu sein. Geld war ungefährlich, was ihn betraf.

Eine Art Angeberei war es, die Chuck hin und wieder trotzdem unvorsichtig werden ließ, und irgendwann kriegte er die Sache nicht einmal mehr mit Humor in den Griff. Und ein Angeber war Chuck immer schon gewesen. Mit zehn Jahren hielt er sich für erwachsen genug, allem die Stirn zu bieten, was seiner Inspiration, ein freier Mensch zu sein, schaden könnte. Er beschloß – und bekräftigte den Entschluß, indem er es in Großbuchstaben in sein Tagebuch schrieb –, Erziehung einfach nicht mehr ernst zu nehmen, und Erzieher noch weniger. Komplette Ablehnung jeder Autorität, Tarzan und Sherlock Holmes und Donald Duck ausgenommen, deren Überlegenheit er respektierte. Es interessierte ihn nicht, was andere aus ihm machen wollten, was ihm derart zu Kopf stieg, daß seine Bemühungen, sich gegen Verbote zu behaupten (und was war ihm nicht verboten?), an Schwung zunahmen – was wiederum seine Mutter in ständige Alarmbereitschaft versetzte, die nicht wußte, wem sie sich mit der Frage, ob sie sich Sorgen um seine geistige Gesundheit machen mußte, anvertrauen konnte.

Und sein Vater? Seit Chuck selbst Vater eines Sohnes war, mußte er ihm mildernde Umstände zubilligen. Das zumindest war er seinem alten Herrn schuldig, und bei Gelegenheit ein Besuch an seinem Grab. Er könnte einen Stuhl mitbringen und sich zu ihm setzen und mit ihm reden. Jetzt, wo er tot war, würde er zuhören müssen. Er würde ihn nicht einmal damit provozieren, daß er sich eine Zigarette genehmigte, ihn, der nie geraucht hatte.

Er würde es sich einfach auf seinem Stuhl gemütlich machen, die Stille des Friedhofs und den Himmel darüber genießen, die Beine übereinanderschlagen und ein wenig von seinem Leben, vom Wichtigsten darin, erzählen, von seinem Sohn, von der ihn überraschenden Stärke seines Gefühls zu einem Kind, das zu haben er sich nie hatte vorstellen wollen, auch wenn das den Toten vielleicht gar nicht besonders interessierte und er lieber etwas anderes hören würde, etwas von der Zukunft der bemannten Raumfahrt, für die er sich bis zuletzt interessiert hatte, mehr als für seine immer besorgniserregenderen Blutwerte oder das Fieber, dessen Ursache sich keiner der Ärzte erklären konnte, mehr sogar als seine Hütte im Schwarzwald, in die er sich, wenn er allein sein wollte, in seinen letzten Lebensjahren immer häufiger zurückgezogen hatte; er hatte, obwohl kaum genug Platz war, sogar eigens noch sein Klavier dorthin transportieren lassen, um mit dem Enthusiasmus eines leidenschaftlichen Laien in die Tasten hauen zu können, ohne daß, wie er sich ausdrückte, »immer irgendwer durchs Zimmer läuft, wenn ich meine Ruhe haben will«. Er hatte in dem Koffer, den er durch den Wald zu seinem Versteck schleppte, mehr Noten als Wäsche zum Wechseln. Und seinen Beethoven spielte er, als wollte er gegen die Taubheit des Komponisten ankämpfen. Was er tat, mußte weh tun. Es war, was herauskam, weniger Musik als Befehle an die Noten, seinem Widerwillen gegen die Welt zu gehorchen. So ist er, so war er immer, so wird er sterben, wie seine Mutter erklärte. Ein alter Mann, ein Einsiedler. Als es dann tatsächlich mit ihm zu Ende ging, kam auch Chuck noch einmal angereist, um Abschied zu nehmen. Der Vater lag da, unbeweglich bis auf die Augen, musterte seinen Besuch und fragte Wer hat dich hergeschickt? An einer Antwort schien er nicht interessiert, nicht einmal an einem Gespräch. Vielleicht waren es die Medikamente, das Morphium, die Mühe, die es kostete, es hinter sich zu bringen. Er machte nur noch einmal den Mund auf. Solange mein Knie weh tut, sagte er, sterbe ich nicht. Der letzte kostbare Schmerz. Die letzten, die allerletzten Reserven. Oder wie es der Stationsarzt, mit dem Chuck nachher auf dem Flur zusammentraf, sagte: Nicht jeder, der stirbt, schrumpft. Seien Sie stolz auf Ihren Vater! Er jedenfalls sei es, er war mit seinem Patienten zufrieden. Er habe sich im Griff, sei reinlich, und hin und wieder sage er schöne, ernste Sätze. Ich bin stark, durch mich wachsen Bäume! Erschütternd! Was für ein Anblick, diesen Mann da liegen zu sehen und zu wissen, eigentlich nichts mehr für ihn tun zu können. Oder erst vorgestern, als er mich rufen ließ, um mir mitzuteilen, daß er eine Wanderung plane, durch die Erde hindurch. Wir haben hier Patienten, die mich gebeten hätten, mitkommen zu dürfen. Er gab Chuck die Hand, drehte sich aber im Weggehen noch einmal um. Aber daß New York die Hauptstadt von Hongkong sei, das werde ich ihrem Vater in der ihm verbleibenden Lebenszeit wohl nicht mehr ausreden können.

Ein Mensch in einer Rakete – und er auf dem Totenbett! Er hatte noch, Monate bevor er ins Krankenhaus eingeliefert wurde, bis spät in die Nacht vor dem Fernseher gesessen und zugeschaut, wie nach einem Affen und einem Hund der erste Mensch die Erde umkreist hatte. Das war es, was ihn beschäftigte! Wann würden Menschen auf dem Mond landen? Würden Häuser gebaut werden, kleine Siedlungen, asphaltierte Straßen womöglich, all das Zeug? Chuck hatte keine Ahnung, wie er es seinem Vater würde recht machen können. Es war mit einem toten Vater zu reden nicht leichter als mit dem lebendigen. Und der Mond, wenn man ihn von der Erde aus betrachtete, war immer noch der Mond wie immer. Er würde ihm, bevor er den Stuhl nehmen und weggehen würde, versichern, daß er sich keine Sorgen um ihn zu machen brauche – und Mutter, die neben ihm lag und auch tot war, auch nicht; vielleicht hörte sie ja ohnehin zu. Er habe, würde er ihr sagen, ein Alter erreicht, wo man all das gerne ißt, was man als Kind auf den Tod nicht runterkriegte, auch unter Schlägen nicht. Er würde sie, weil ihm nicht wirklich etwas Vernünftigeres einfiel, an den Geruch erinnern, der die Wohnung durchweht hatte, den Geruch von Blumenkohl, von billigem Kaffee und dem Mottenpulver in den Vorhängen in allen Zimmern, in Vaters Hüten und Anzügen, in ihren Pelzen, und wie am Ende sogar der Sonntagsbraten und die Obsttorte danach geschmeckt hätten. Er würde mit der Hand den Grabstein berühren, würde die Hand eine Weile auf dem Stein ruhen lassen und die Wärme des Steins spüren und spüren, wie sie in ihn überging – eine Zärtlichkeit, die es zwischen ihnen niemals gegeben hatte.

Die Arena war das Wohnzimmer gewesen. Tür und Fenster zu, Zutritt verboten, die Strafe, die Abrechnung, die blauen Striemen auf der Haut. In Chucks Augen ein Duell Mann gegen Mann, mit dem Vorteil, daß Chuck das Kind war. Heute begriff er das besser. Nun war er der

Schwächere. Ein Mann ist ein unfertiges Kind, und jedes Kind weiß das und nutzt diesen Vorteil rücksichtslos aus. Chuck gab nicht nach. Mit zehn holte er zum ersten Mal tief Luft. Danach war ihm zwei Jahre lang schwindlig. Es war wie auf hoher See. Gegenwinde machen die Haut hart. Der Sturm tobt im Gegner. Das Kind, klein, biegsam, unbeugsam, die Himmelslinie im Blick. Er war nicht vom Obstbaum gefallen, er war nach Strich und Faden verdroschen worden. Viel hätte nicht gefehlt und der Hund wäre, seinem Herrchen treu, auch noch auf ihn losgegangen.

Was für ein Kind, sagten die Leute, wenn welche ins Haus kamen, und starrten ihn an. Von den Ehepaaren waren es die Frauen, die ihn gegen ihre Männer verteidigten; einige waren sogar regelrecht vernarrt in den süßen kleinen Knirps. Chuck war, wenn er sie noch auf einen Sprung begrüßen kam, oft schon im Schlafanzug, seine Zahnbürste in der Hand, der Gegenstand ihrer ungeteilten Aufmerksamkeit und aller mütterlichen Liebe, besonders jener Frauen, die sie, weil sie selbst keine Kinder hatten, entbehren mußten. Er wurde regelrecht herumgereicht. Sie ließen ihn von den Schnittchen naschen, einen Teelöffel von der Bowle kosten, lachten über die Faxen, die er machte – und waren, wenn er sich an sie kuschelte, womöglich noch glücklicher als das glückliche Kind –, bis dann seine Mutter ein Machtwort sprach. Es war spät, er mußte früh raus. Ab mit ihm ins Bett! Man wußte, daß er kein einfaches Kind war. Welches Kind sagte schon Sachen wie: Morgen regnet es, ich freu mich schon. Aber andererseits? Ach Gott, wenn aus Kindern dann Männer werden! Schau dir unsere an! Und eine

Weile war nichts zu hören als Gelächter und das scharfe Schlagen von Spielkarten.

Ein Kind macht sich auf, sein Leben zu beginnen, während der Vater, lächerlich wie ein Vater, verwundbar wie ein Vater, sich damit abzufinden hat, sein Leben als Anfänger zu beenden!

Chuck erinnerte sich an eine Zeit, als er, ein Junge mit roten Backen, sich in sein Zimmer eingeschlossen, eine Zigarette nach der anderen geraucht, heimlich natürlich, und sich mit Vorliebe selbst zum Inhalt der ersten Gedichte, die er schrieb, gemacht hatte. In einem standen die Zeilen:

Mit allem, was er war, hatte er erst angefangen,
mit allem, was es gab. Mädchen gab es und Frauen,
es gab sie, und es war Zeit, und es war ihm egal.
Und es ging ihm gut damit.

Egal? Nicht die Bohne egal waren sie ihm. Er war nur zu grüblerisch, zu eingebildet auch oder, wie er sich einredete, zu anspruchsvoll und blieb gern für sich, und sei es nur, um sich wichtig zu machen, was ihm zu schaffen machte und ihn wie im Fall jener Umkleidekabine, einer Art Bretterverschlag mit einem Guckloch, durch das man beobachten konnte, wie sich Frauen auszogen, fast verrückt werden ließ. Chucks Problem bestand – im Gegensatz zu allen anderen in seiner Clique – darin, daß er einfach nicht zugeben wollte, wie gerne auch er sich an dem Vergnügen seiner Mitschüler beteiligt hätte, einen kurzen verbotenen Blick durch das Loch tun zu können. Alles in ihm brannte darauf, einer Frau beim Ausziehen zuschauen zu können, aber niemand sollte es mitbekommen, niemand so etwas über ihn erzählen dürfen. Das war typisch Chuck, und er litt darunter. Er konnte sich nicht überwinden, ein Junge wie andere Jungs zu sein. Er glaubte es sich seiner Rolle als Außenseiter schuldig zu sein, sich zu beherrschen, sich keine Blöße zu geben, sich nicht einfach in die Schlange seiner Kameraden einzureihen, die sich schon während der Unterrichtsstunden einen Plan ausgedacht hatten. Er tat einfach so, als interessiere ihn das alles nicht. Es war mehr als albern, wie er sich aufführte. Es war lächerlich! Ein kleiner Junge, der keiner sein wollte, und sich gerade deshalb wie einer benahm. Der aber, die anderen hatten ihr Vergnügen gehabt und waren längst gegangen, immer noch den Bretterverschlag belagerte und sich, wenn die Luft rein war, gegen die Wand mit dem Guckloch preßte – und einmal prompt, weil er keinen dabeihatte, der für ihn Schmiere stand, erwischt wurde. Er konnte einem leid tun; der ganze kleine Kerl konnte einem leid tun! Er hatte den ganzen Sommer lang eine Frau sehen wollen, die sich auszieht – und hatte nur seine Kameraden beobachtet, wie sie einer Frau beim Ausziehen zuschauten. Den Rest des Sommers und dann bis in den Herbst hinein lief er allein herum. Irgendwie war ihm wohler, nirgendwo dazuzugehören, zu seiner Familie nicht, auch nicht zu seinen Altersgenossen. Er lag ganze Nachmittage lang im Gras, schaute in den Himmel und wußte nicht, ob er glücklich war oder Lust hatte zu weinen. In der Art, wie er das Leben ernstnahm, machte Chuck damals einen kümmerlichen Eindruck.

Alles bei ihm hatte so etwas wie Methode. Auch das

Gefühl, unglücklich sein zu wollen. Er war auf ruhige und beständige Art unglücklich, und ließ sich bei diesem Vergnügen nicht stören. Er saß in seiner Schulbank, ein wenig atemlos immer, und träumte davon, auf dem Heimweg von einer Frau entführt zu werden. Es ging ihm nicht mehr aus dem Kopf. Entführt und verführt werden, von einer unbekannten, sehr erwachsenen Frau! Noch heute, mit zweiundsechzig, war es nicht viel anders. Nur daß er sich für den Heimweg mehr Zeit ließe, und eine Entführung zu komisch wäre.

Und daß es Zeit war? Es war, was das andere Geschlecht zur Zeit der Niederschrift dieser Zeilen anging, noch lange nicht Zeit, aber ja, es war gutgegangen! Ihm war mehr, fand er, als in seiner Macht stand, geglückt; sogar der eine oder andere frühe Vers, auch wenn er mehr vor Selbstbewußtsein strotzte als vor Talent.

Er hatte Zeit. Er hatte Zeit, es sein zu lassen.
Er hatte so viel Zeit wie Haare auf dem Kopf.

Ach Gott ja, Haare! Er hatte kaum noch welche! Er hatte so wenige davon, und die wenigen waren so kläglich kraftlos, so fein und dünn und spröde, daß er sich kaum noch zum Friseur traute. Nach der Zeitrechnung seiner pubertären Poesie war die Zeit, seine Zeit, abgelaufen. Aber er hatte, alles in allem, ein Leben gehabt, wie er es sich in jenen frühen Jahren seiner Kindheit gewünscht hatte, ein überschaubar gutes, beneidenswert unkompliziertes, wenn auch, wofür diese Geschichte hier das Beispiel liefern könnte, rücksichtslos eigensinniges Leben, ein freies, freizügiges, improvisiertes und, er selbst nannte es ja so, immer auch ein wenig liederliches Existieren, vorzugsweise unterwegs, allein oder, wenn es sich ergab, in interessanter, nicht unbedingt immer weiblicher Gesellschaft.

Aber die ganze Wahrheit war das nicht, nicht mehr.

Vielleicht wird ihm sein Sohn eines Tages Vorwürfe machen. Er sagte es trotzdem. Ich weiß, daß du viel allein bist, und es nicht gut ist, zuviel allein zu sein, besonders nicht in deinem Alter. Das ist die schlechte Nachricht. Aber es hat, glaub mir, auch Vorteile. Vielleicht geht's uns allen besser, mal davon zu reden, von den Vorteilen.

Sein Sohn hielt es für überflüssig, darüber zu reden. Er hielt auch nichts davon, überhaupt den Mund aufmachen zu müssen.

Ich war gern allein. Ich war so einer. Ich war eigentlich immer nur, wenn ich allein war, guter Laune.

Der Sohn hätte sich fast verraten – und laut gelacht, war er doch, weil er bei seinem Vater und also nicht allein war, auch nicht gerade bester Laune. Er dachte an die Sache mit dem Geld. Was er mit einer Million, wenn er sie hätte, machen würde? Genau das. Den Mund halten, das Fenster aufmachen und hinausfliegen.

Alleinsein, das ist etwas, was man können muß, davon war Chuck überzeugt. Einer in seinem Beruf war auf die Fähigkeit angewiesen, es zu können! Keiner wird Schriftsteller, der dazu nicht den Mumm aufbringt. Es war der einzige absolute Wert, an den zu glauben sich Chuck erzogen hatte. Wer nicht leben kann, ohne daß neben ihm eine Frau geht oder liegt, wird scheitern. Es war nicht das erste Mal, daß Chuck – wie so manchen seiner in ehelicher Gemeinschaft lebenden Gesprächspartnern, die er damit provozierte – seinen Sohn damit langweilte, indem er über die sprach, die sich, wenn sie allein sind, einsam fühlen, die heiraten, weil sie nicht allein sein können, und die dann in ihren Ehen unglücklich und damit noch einsamer sind. Sie wissen es – und heiraten. Auch daß sie unglücklich sind, wissen sie, und daß sie krank werden davon. Aber sie heiraten.

Der Sohn saß da, sagte nichts, dachte nichts, reagierte nicht.

Alleinsein, sagte Chuck, das ist das eine, was man können muß, abgesehen von ein paar anderen Kleinigkeiten natürlich. Allein einen Ersatzreifen montieren, zum Beispiel, wenn nicht gleich einen Motor auseinandernehmen und, was auch nicht schaden kann, wieder zusammensetzen können. Ein Instrument spielen! Mundharmonika, was praktisch sei, weil man sie in die Tasche stekken könne, oder Klavier! Irgendwo steht immer ein Klavier. Und höflich sein, auch wenn es gefährlich wird. Wenn es, was immer vorkommen kann, trotzdem zu einer Rauferei kommt, Augen auf, nicht die Übersicht verlieren und keine Angst zeigen, das Gewicht richtig verlagern, alles in den Schlag legen, was du an Kilos an Körpergewicht hast. Chuck war Boxfan, vom Boxen sprach er gern. Da war er ganz in seinem Element. Er verstand nicht, wie man einen Boxkampf, das Boxen ganz allgemein, als widerwärtig abtun konnte, als primitives, blutrünstiges Spektakel. Er liebte es, wie es war, grandios, gefährlich und, ja, auch das, widerwärtig und ungerecht. Die Leute hinter den Kulissen waren oft genug Gauner, und die Drahtzieher skrupellose Verbrecher. Eine Welt, in der, wie auf den Bühnen der großen Theater, die Schurken den Helden die Hauptrolle streitig machen und der Tod das letzte Wort spricht. Eines Tages werden sie einen Blues für Boxer schreiben. Es wird ein Song sein für eine langsame Gitarre, weiche Trompetentöne und eine Glocke. Aber die schlug nicht mehr für die nächste Runde, sondern für die Ewigkeit.

Man kam um ein paar schreckliche Wahrheiten nicht herum, wenn man sich auf diese Sache einließ, aber was war gegen ein bißchen Bewegung einzuwenden, gegen das Kämpfen nach Regeln, fair, Mann gegen Mann? Du solltest, riet er seinem Sohn, Sport treiben. Ich kenn da zum Beispiel einen Box-Klub, ganz in der Nähe. Wie wär's?

Er schüttelte den Kopf.

Nein? Lernen, wie man einen sauberen linken Haken schlägt? Keine Lust?

Nicht unbedingt!

Du glaubst gar nicht, wie gut das tut, mal richtig Dampf abzulassen.

Doch, schon, sagte er, glaub ich. Man kann einen Satz nicht mit weniger Begeisterung von sich geben. Und so sah auch sein Gesicht aus.

Eine schöne linke Gerade schlagen, sagte Chuck, eine schöne ehrliche saubere linke Gerade. Sollte man eigentlich in der Schule lernen. Er war, wenn er vom Boxen sprach, wie verwandelt. Er kriegte richtig gute Laune davon. Er stand auf und bewegte sich, um ihm die Sache zu zeigen, wie ein Boxer. Und links, und links, und links flog die Faust nach vorne. Und die Rechte hoch halten, immer schön am Kinn halten. Es schien ihm Spaß zu machen, wenigstens ihm. Und wenn du fünf Jahre um die Welt gesegelt bist und nach Hause kommst, mag sich vieles geändert haben, aber eine linke Gerade sieht immer noch so aus wie immer.

Chuck war ganz schön aus der Puste, als er sich wieder hinsetzte und seinen Sohn anschaute. Er wartete auf eine Reaktion. Er wartete auf ein Lebenszeichen.

Es war aussichtslos. Er war nicht munter zu kriegen. Er wollte allein älter werden und Dinge, auf die es ankam, selbst herausfinden. Es war sein Recht. Er respektierte seinen Vater, soweit es in seinen Kräften stand, das schon, aber es ging wohl entschieden über seine Kräfte, sich jedesmal, wenn er bei ihm vorbeischaute, in voller jugendlicher Blüte und hellwach und gesprächig präsentieren zu müssen. Warum zum Teufel sollte er sich den Kopf zerbrechen über Geld oder sich, das auch noch, einen Kinnhaken verpassen oder die Nase platt schlagen lassen? Und das mit dem Alleinsein, was war so schlimm daran? Eine sturmfreie Bude hatte mehr Vorteile, als sich ein von Gewissensbissen geplagter Vater einzugestehen bereit war. Und auf irgendwelche gönnerhaften Predigten darüber hatte er schon überhaupt keine Lust. Armer kleiner Junge? Von wegen! Lieber langweilte er sich. Sich zu langweilen war weniger langweilig als immer etwas tun, etwas unternehmen, jeden Tag in einem Buch lesen zu müssen.

Sein Sohn war vierzehn, was weiter kein Problem war, solange man nicht vorhatte, mit Vierzehnjährigen ein Gespräch führen zu wollen. Sie reagieren kaum. Was sie sagen, wenn sie überhaupt reden, fällt ihrer Stimmung zum Opfer, ihren Launen, ihrer Müdigkeit. Müde, das sind sie am liebsten, zum Zuhören zu müde und zum

Antworten; zu müde sogar, sich stichhaltige Ausreden auszudenken für die Menge an Müdigkeit, das Ausmaß ihrer großen, tiefen Erschöpfung, in die sie sich wie in eine Höhle verkriechen. Zutritt für Erwachsene verboten! Es ist, als wollten sie jeden von ihnen warnen, sich einzumischen. Die Müdigkeit rieb ihnen die Knochen warm. Die Wärme kitzelte die Beine, die Arme und Schultern und erzeugte ein Wohlgefühl, das ihnen den Körper füllte, sich über dessen Abmessungen hinweg ausdehnte bis zu einem Punkt, wo es unmöglich war, ein Gähnen zu unterdrücken, ein großes glückliches, geradezu ungehorsam glückliches Gähnen, das sich gut mit geschlossenen Augen genießen und, wenn man es hinter sich hatte, alle Gliedmaßen genußvoll erschlaffen ließ. Sie verspürten kein Verlangen, sich bei dieser Beschäftigung, jedenfalls so lange nicht, wie es draußen hell war, stören zu lassen. Und so sah der von sorgloser Müdigkeit schläfrige Gesichtsausdruck von Chucks Sohn auch aus. Was soll der Aufwand, für das Interesse, das ein Vater an seinem Sohn hat, Verständnis aufzubringen?

Was man zu fassen kriegte, war wenig, ein paar Sätze, Bruchstücke von Sätzen, gesprochene Scherben, Reste eines alles abwehrenden Schweigens, als gelte es, einem Gesetz der Geheimhaltung zu gehorchen. Aber es war in Ordnung. Er war sein Sohn. Wenn sie sich umarmten, war, was er hielt, sein Leben, sein eigenes.

Der Sohn wußte, daß sein Vater Schriftsteller war oder, wie es auch schon in Zeitungen gestanden hatte, ein Dichter. Jedenfalls schrieb er Bücher und war offenbar nicht ganz unbekannt. Eine seiner Geschichten war sogar einmal im Deutschunterricht dran gewesen; nicht gerade ein Grund, sich wohl zu fühlen, weil der Lehrer immer nur ihn angeschaut und wie selbstverständlich vorausgesetzt hatte, daß ihm, dem Sohn eines Dichters, dazu eine Menge einfallen müßte. Pustekuchen! Er hatte keines der Bücher seines Vaters gelesen, nicht eine einzige Seite, und keines der Bücher, die ihm sein Vater mit lästiger Regelmäßigkeit anläßlich seiner Geburtstage in die Hand gedrückt und zu Weihnachten zu den anderen Geschenken gelegt hatte, auch nur aufgeschlagen; er hatte sie nicht einmal ausgepackt.

Gut, packte er sie eben nicht aus. Chuck hatte kein Problem damit, auch nicht mit dem Ach-du-liebe-Scheiße-nicht-schon-wieder-Gesichtsausdruck, mit dem sein Sohn die Prozedur an den Fest- und Geburtstagen über sich ergehen ließ.

Aber da war auch jenes kleine, liebenswert schüchterne Lächeln, das um so kostbarer war, weil es erst das Paar Grübchen zum Vorschein brachte, das nicht zu küssen so schwerfiel.

Tatsächlich war das Ganze im Lauf der Jahre zu einem Spiel zwischen ihnen geworden, zu einem Ritual, einem der Höflichkeit und der Wahrheit. Ein Vater verschenkt Bücher an seinen Sohn, die der nicht liest, wobei es zwischen den beiden kein Geheimnis ist, daß sie wissen, daß es so ist, die Sache aber, so wie sie ist, respektieren, und damit ganz ungezwungen umgehen. So, als Chuck einmal wissen wollte, was er sich zum Geburtstag wünsche, und der Sohn nur antwortete: daß er ausfällt! Ich schenke dir auch nichts, schlug er vor, wenn du aufhörst, mir was zu schenken!

Er wird sie wohl oder übel zu den anderen stellen,

zu einer mittlerweile recht ansehnlichen Reihe von Büchern, einer kleinen Bibliothek beinahe, alle sorgfältig aufgereiht auf einem ansonsten leeren Regal (in einem ansonsten alterstypischen chaotischen Durcheinander!). Immerhin das aber waren sie ihm wert, dachte Chuck, ein eigenes Regal, das in diesem Saustall von Zimmer einem Altar glich, wenn auch dem eines Ungläubigen, einer eigens eingerichteten kleinen Bühne, einer Bühne für Bücher. Das war natürlich übertrieben, aber nicht ganz. Er hatte sie zumindest, gut sichtbar, vor dem Zugriff der Zugehfrau in Sicherheit gebracht, die einmal die Woche kam und rücksichtslos alles, was in seinem Zimmer auf dem Boden herumlag, in die Waschmaschine packte.

Tatsächlich war aus der Sache inzwischen so etwas wie eine kleine Komödie geworden, in der mitzuwirken bald beiden sogar irgendwie Spaß machte. Es entging dem Sohn nämlich durchaus nicht, daß der Vater die Liebenswürdigkeit besaß, ihn nicht zu tadeln, ihm keine Erklärung abzuverlangen, weshalb er sie nicht auspackte und las, und das womöglich noch mit dem strengen strafenden Blick eines enttäuschten Erwachsenen, der sich nicht nur Sorgen um ihn, sondern gleich auch noch um den Geisteszustand einer ganzen Generation machte – was er cool fand. Nichts ging über einen Vater, der cool war! Und das, fand er, war sein Daddy. Er ließ nie auch nur die kleinste Bemerkung fallen, es könne einer, der sich nicht für Bücher interessiere, im Irrtum sein. Er war auch keiner, der wütend hin und her marschierte, einem andauernd die Kleidung zurechtzupfte oder damit drohte, das Taschengeld zu kürzen oder ganz zu streichen. Er beleidigte einen nicht mit Vorwürfen. Er trieb einen nicht mit gutem Zureden oder gut gemeinten Lebensweisheiten oder Sätzen wie »Ich bin ein ganzes Stück älter als du« zur Verzweiflung. Es lag keinerlei Herablassung in seinem Benehmen einem Sohn gegenüber, der seine Interessen nicht teilte, sie nicht einmal, wie es schien, zur Kenntnis nahm. Und doch dachte Chuck mit Wehmut an diese Bücher, und an all die anderen Bücher, die nie gekauft, nie benutzt, nie gelesen, nie gefressen oder verschlungen werden; Bücher, die ihr Leben fristeten wie Verurteilte, wie lebenslänglich Gefangene, gefangen in Geschenkpapier, versiegelt mit Schleifchen!

Viel würde er seinem Sohn nicht vererben können, er besaß weder Ersparnisse noch Aktien noch eine Lebensversicherung, die Rechte an seinen Büchern waren nicht frei und einen reichen Onkel konnte er auch nicht aus dem Hut zaubern, aber immerhin das: eine Bibliothek – und eine Erinnerung daran, wie sie entstanden war. Er mußte selbst sehen, wie er damit klarkam, wie er mit eigenen Kindern, falls er welche haben würde, klarkam, mit einem, wie er einer gewesen war.

Chuck nahm Bleistift und Papier und zeichnete einen jungen und einen alten Mann, und schob das Blatt dann seinem Sohn hin. Kommt dir das bekannt vor?

Keine Ahnung! Es war ihm egal, wie ihm die Bücher, die er nicht las, egal waren.

Der eine, sagte Chuck, der junge, wartet darauf, daß was passiert! Der andere, der alte, darauf, daß aufhört, daß was passiert.

Vielleicht, weil er nun wirklich anfing, sich zu langweilen, oder das Gefühl hatte, irgend etwas nun doch noch zur Unterhaltung beitragen zu müssen, zog der Sohn ein Spiel Karten aus der Hosentasche, nahm eine auf und ließ sie durch die Zwischenräume seiner Finger wandern, wie Schlagzeuger es mit dem Stick tun; und es funktionierte! Er war offenbar selbst überrascht, schaute seinen Vater an, schaute ihm zum ersten Mal direkt in die Augen und strahlte. Er hatte den Augenblick erwischt, den einen, einzig richtigen Augenblick, wo etwas, das man sich zutraut, auch tatsächlich gelingt. Zum ersten Mal an diesem Nachmittag zeigte er Temperament, was ihn fast verlegen machte. Eine Sache der Übung, sagte er trocken.

Chuck gab ihm recht! Eine Sache der Übung, ja, und auch wieder nicht. Er dachte darüber nach. Schwer zu sagen, woran es liegt, wenn die Finger den Rhythmus nicht finden oder verlieren, die Karte fällt oder knickt, dachte Chuck. Wie entwickelt man ein Gefühl dafür, wann es riskant und deshalb wahrscheinlich schiefgehen wird? Und wie man, bevor es passiert, reagieren muß? Und wann man, es gibt solche Tage, von Spielkarten lieber gleich ganz die Finger läßt, weil es für Kunststücke dieser oder einer anderen Art der falsche Zeitpunkt war? Das ganze Leben war so. Die Kunst, wie man etwas beim zweiten, dritten Mal wie beim ersten Mal hinkriegt.

Den Dreh, wie man ein Blatt mischt, hatte er auch schon raus. Wie man sich, schön der Reihe nach, zuerst von der Vollständigkeit der Karten überzeugt, sie dann unter dem Dach der gewölbten Hände wieder zu einem Päckchen aufhäufelt, die Kanten mit den Fingern abtastet, es teilt, genau in der Mitte, und, was das Wichtigste dabei war, wie er seinem Vater erklärte, nicht hinschaut, niemals, weder auf die Karten noch auf die Hände; was wie im Kino war, wenn Männer, die Spieler sind, zusammensitzen. Seine Stimme klang plötzlich, als käme sie aus dem Zentrum seines Selbstvertrauens. Als er fertig war, fiel ihm noch was ein! Das Päckchen, bevor man es zurück in die Tischmitte schob, noch mit zwei Fingern der rechten Hand abzusegnen. So! Es sah, wie er es machte, leicht aus, elegant, richtig professionell.

Er beendete die Vorstellung mit der Andeutung einer Verbeugung.

Und auf die reagierte Chuck und applaudierte und dachte, so viel auf einmal hat der Junge schon lange nicht mehr von sich gegeben. Die Freude darüber verschmolz mit der Erkenntnis, daß so vieles, was der Drogenkonsum bei ihm außer Kraft gesetzt hatte, zurückgekehrt war: Freundlichkeit, Seelenruhe, Geduld. Die Bereitschaft, sich zu freuen, war zurückgekehrt, die Empfänglichkeit für die Freude anderer, die Genugtuung darüber, nüchtern zu sein. Er war der Hölle entkommen – und in guten Händen, den Händen eines Kindes.

Sein Sohn war auch sonst geschickt. Er war kein schlechter Scrabble-Spieler und gewann bald mühelos jedes Spiel – und wenn er doch mal verlor, war das kein Problem, er bestand nicht einmal auf einer Revanche. Wenn sie Backgammon spielten, fielen die Würfel, wie er wollte. Es gefiel ihm, daß es so war. Es gefiel beiden.

Viel hätte nicht gefehlt, und der Sohn hätte seinem Vater jetzt am liebsten seine Kopfhörer, mit denen er ohnehin schon die ganze Zeit herumhantiert hatte, in die Ohren gedreht, richtig rein in die Gehörgänge, um ihm Musik, *seine* Musik, vorzuspielen, laut, brutal laut, versteht sich, und, bevor es dem Vater die Trommelfelle zerfetzt hätte, die Gelegenheit genutzt, ihm gleich auch noch alles Wissenswerte über die bei ihm und seinen Freunden gerade angesagte Richtung zu erzählen, alles, worauf es ankam bei Metal, von Speed-Metal im Unterschied zu Thrash-Metal, zu Gothic- und Black- und Death-Metal.

Lauter als *Iron Maiden*, als *Black Sabbath* oder *Deep Purple* in ihren (und Chucks) besten Jahren? Lauter als die großen Krachmacher der Rockgeschichte? Noch lauter als ein Riff von Jimi Hendrix in voller Lautstärke? Was für eine Wohltat es einmal auch für einen wie Chuck gewesen war, alles Leid und alle Leere im Lärm, den eine Rockband live auf einer Bühne produzierte, vergessen zu können, mit ausgebreiteten Armen zu schweben, die schwindende Schwerkraft zu spüren, die ziellose Begeisterung. Nichts verdarb einem mehr die Laune. Willkommen in den Höhlen des Himmels! Na dann, sagte er, lehnte sich zurück, legte die Füße auf den Tisch, dann mal los.

Und siehe da, der Sohn gehorchte. Er brauchte zwar erst einmal ein paar Minuten, um sich an den Gedanken zu gewöhnen, von einem Erwachsenen, was seine musikalischen Vorlieben betraf, ernst genommen zu werden, aber dann freute er sich – er legte richtig los. Kopfhörer waren nicht nötig, weil sie es über die großen Boxen laufen ließen.

Die nächste Stunde ging damit drauf, wie man Wände, womöglich gleich das ganze Haus, zum Beben brachte!

Eigentlich war Chuck durch damit, aber die achtzig Dezibel pusteten hinein in die tote Glut in ihm. Es war nicht ganz das, was ihm gefiel, aber die Sache war die alte.

Die alte Wut, und in alter Stärke. Wut war noch immer die Waffe! Wut war, strategisch gesehen, die Wunderwaffe gegen leere Tage, gegen Gesichter, die leer waren, selbst gegen den Kasten Bier, der leer war. Sie war gegen Langeweile gut, gegen Einsamkeit, gegen schlechte Noten und genial gut gegen Liebeskummer. Wut war der wichtigste Verbündete im Kampf gegen den Lärm, den die Welt sonst noch produzierte. Ihr wurde alles geopfert, alle Lust, alles Bangen – und die letzten Groschen für »was zum Anglühen«, wie sie es nannten, billiger Alkohol wie mazedonischer Rosé-Wein aus dem Supermarkt, Sonderangebot, 1.99 pro Plastikflasche. Chuck war zwar inzwischen viel empfindlicher geworden, was Lärm anging, aber es konnte auch heute noch passieren, daß er ein paar seiner alten Scheiben in einer Lautstärke abspielte wie damals, als er – wie sein Sohn heute – einfach Lust auf die Wut hatte, die man hatte.

Was ist mit der Gitarre, wollte Chuck wissen, als es vorbei war.

Welcher Gitarre?

Deiner. Die, die ich dir gekauft habe? Du kannst es doch nicht vergessen haben.

Ach so. Sie stand gut verpackt an die Wand gelehnt neben dem Kleiderschrank, und er hielt sie trotz anderer Interessen in Ehren. Sie war das Geschenk seines Vaters.

Spielst du?

Nein, sagte er ohne jede Anteilnahme. Es sei, sagte er, eine Saite gerissen.

Eine Saite?

Ja!

Und weiter?

Nichts weiter. Er starrte auf den Tisch und wartete, und als ihm das zu dumm wurde, suchte er seine Hosentaschen nach etwas ab, das ihn ablenken würde. Er förderte schließlich den Rest von einem Butterkeks zutage, den er sich in den Mund schob, was es ihm noch leichter machte, nicht reden zu müssen.

Chuck war danach, den Scheißkerl mal kräftig durchzuschütteln. Der Junge war mehr als fällig. Aber so war es eben mit Söhnen in seinem Alter, noch waren sie keine Männer, aber sie gingen auf Tuchfühlung damit, kämpften sich ran an die Sache.

Eine Gitarre sei etwas Besonderes, erklärte er ihm, fast etwas Heiliges, und das in so gut wie jedem Land der Erde. Einer, der sie gut spielen konnte, leise so gut wie laut, nannte sein Instrument einmal »eine kleine Kirche, die ich in einem Koffer mit mir herumtragen kann«. Und deshalb wirst du, egal wo es dich hin verschlägt im Leben, nach Amerika, nach Mexiko, nach Brasilien oder sonstwohin, nie verhungern, wenn du eine dabeihast. Mit einer Gitarre im Gepäck hast du das Glück zum Greifen nah, das kleine Glück der Träume und das große ihrer Erfüllung. Du packst sie aus und spielst. Ihr Klang hat mit der Sehnsucht der Menschen zu tun, ihrer ewigen Sehnsucht nach Liebe, nach Abenteuer, nach einem anderen Leben. Mit allem, wovon sie träumen. Träume, Erinnerungen! Alles, was einmal war. Je trauriger die Lieder, die du spielst, um so schneller hast du sie. Menschen werden, wenn sie traurig sind, ungefährlich, überall auf der Welt; was dort, wo man ein Fremder ist, viel ist. Es gibt Dinge, die sich nie ändern. Keine Lust, eine neue aufzuziehen?

Was?

Du gehst morgen in ein Geschäft, kaufst dir eine Gitarrensaite und ziehst sie auf.

Na ja, sagte er und machte ein Gesicht, als habe der Vater ihm Hausarrest oder, noch schlimmer, einen anständigen Haarschnitt angedroht.

Na ja? Ist das alles?

Vielleicht, mal sehn, sagte er und schaute auf die Uhr. Übrigens, fiel ihm ein, was war mit der verdammten Fliege, die er abschießen wollte? Wo war sie, wo?

Er steckte das Spiel Karten weg, lehnte sich zurück und verlor dabei fast das Gleichgewicht. Wie langweilig alles war! Oder nicht? Oder etwa nicht?

Mexiko! Mädchen! Gitarrensaiten! Was war los, was war damit? Wie groß die Welt war, würde er, wenn es soweit war, eines Tages schon selbst herausfinden. Er machte sich darüber so wenig Gedanken wie darüber, eines Tages sterben zu müssen. Es brachte ihn zur Verzweiflung, nicht einfach über nichts nachdenken zu dürfen, über nichts reden, über nichts Auskunft geben zu müssen, was für den Sohn auch der Grund war, in jedem, der mit ihm sprach, einen zu sehen, der Streit mit ihm suchte. Er mochte es auch nicht, wenn irgendwer, am wenigsten der eigene Vater, wenn auch gut gemeint, sich in der Rolle des weisen alten abgeklärten Cowboys gefiel. Er hatte dann immer den Wunsch, in genau die entgegengesetzte Richtung laufen zu wollen.

Chuck fragte sich, ob sein Sohn, selbst wenn er ihm antwortete und ihn anschaute, seine Anwesenheit überhaupt wahrnahm.

Es war diese Art Gleichgültigkeit, die Eltern halbwüchsiger Kinder verrückt machen kann, und in aller Regel auch verrückt macht. Es kostet, egal wie man darauf reagiert, Nerven, vor allem die Aussicht, in diesem Kampf der Unterlegene zu sein. Kinder sind sich ihrer Sache sicher, was sie unangreifbar, unbesiegbar macht. Sie haben nichts übrig für Weisheiten. Und nichts für Sentimentalitäten. Das alles läßt sie kalt. Aber Chucks Ärger darüber war nur die eine Sache; die andere war, die Tapferkeit anzuerkennen, mit der Jungs in seinem Alter ihr Territorium verteidigten. Es war, als wollten sie sagen (und irgendwann sagen sie es dann tatsächlich, stehen vom Tisch auf, sagen es, gehen ab und knallen die Tür hinter sich zu!): Glaub nicht, daß es genügt, früh aufzustehen! Das ist unwichtig. Steh nur auf, wenn es für dich ist! Und wenn es nicht zu umständlich wäre, darüber überhaupt mit Erwachsenen zu reden, wäre auch noch folgender Satz fällig: Ich muß nicht deine, sondern meine Erwartungen erfüllen!

Und noch etwas gab es, etwas Drittes. Der Junge kannte das Gefühl nicht, eine Familie zu haben. Da war nie was. Da war nichts, was wie ein Nest war. Er war den ganzen Tag weitgehend sich selbst überlassen. Seine Mutter war kaum da, sie mußte schließlich arbeiten gehen, und kam danach auch nicht immer gleich nach Hause, und wenn, war sie müde. Und auch Chuck war eigentlich nie da – und, wenn er sie besuchen kam, alles andere als ein gern gesehener Gast. Er hatte, weil er einmal aus Wut zumindest einen ihrer zwei Fernseher aus der Wohnung, einer Zwei-Zimmer-Wohnung, entfernen wollte – er hatte sogar damit gedroht, ihn aus dem Fenster schmeißen zu wollen –, eine Zeitlang sogar Hausverbot, was er, nachdem dann nur der nächstbeste Gegenstand, eine schwer mit Münzen in verschiedenen Währungen gefüllte Blechdose, hatte dran glauben müssen, als scharfes, aber gerechtes Urteil akzeptiert hatte. Er war nie da, wenn sein Sohn einen Vater brauchte, auch wenn er nur Streit suchte, wenn er sich wehren und bestätigen, wenn er kämpfen wollte, einfach so, einfach zum Ausprobieren. Es gab, weil keiner, nicht mal ein Bruder, da war, auch sonst keinen Widerstand, es gab die Wand nicht, die ein Kind, um erwachsen zu werden, einreißen muß. Was waren Geheimnisse wert, die man vor niemandem schützen mußte? Die Zimmer waren, wenn er in ihnen herumging, leer. Es gab auch keine Haustiere mehr. Den Anfang hatten, da war er zehn, zwei Hausratten gemacht, die eingingen, noch bevor er sich Namen für sie ausdenken konnte. Es wurden zwei neue angeschafft, von denen das eine Tier von einem unachtsamen Besucher, einem überaus hartnäckigen Verehrer seiner Mutter, zertreten wurde (absichtlich, wie sein Sohn bis heute behauptete). Das einsame Überbleibsel, an dem dann auch das Kind nie mehr so recht eine Freude gehabt hatte, lag eines Tages in seinem Käfig, verendet neben einem Salatblatt. Ein Kätzchen kam, wie es hieß, wegen einer Allergie gegen Katzenhaare nicht in Frage, außerdem gab es schon eine Katze, eine aus bemaltem Gips auf dem Fenstersims. Schlangen oder Spinnen schieden aus, kein Kommentar! Sein letzter Kumpan war dann ein Hund gewesen, die Miniaturausgabe eines Hundes, besser gesagt, ein kleiner kläffender Wollknäuel, dem, ein halbes Jahr nach seiner Anschaffung, der Vorderreifen eines Autos zum Verhängnis wurde.

Er sah, nachdem es passiert war, elend aus, armselig. Im Glauben, in Gott den Schuldigen gefunden zu haben, schwänzte er einige Wochen lang den Religionsunterricht, nur den, nur immer diese eine Stunde, was Chuck, als er davon erfuhr, für ein ermutigendes Zeichen von höherer Intelligenz hielt, und ihn lobte! Und sich von ihm dann die ganze Geschichte erzählen ließ. Und wie einfach sie war! Sie handelte davon, daß, nicht weiter verwunderlich in einer Religionsstunde, von Gott die Rede war. Er habe sich, sagte er, weiter nicht eingemischt, aber dann doch! Ein Spatz, der tot vom Ast fällt, auch der entgeht nicht Gottes Aufmerksamkeit! Es war dieser Satz, der ihn wachrüttelte. Ein Satz, den sie kommentieren sollten. Während die einen nur gelacht, andere brav ihre Füller gezückt hätten, sei ihm, sagte er, schlecht geworden, so schlecht, daß er glaubte, sich übergeben zu müssen, und er sei wortlos aufgestanden, rausgerannt an die frische Luft und erst zur nächsten Stunde wieder zurückgekommen.

Gott sollte sich eben nicht selbst ans Steuer setzen. Nicht einmal nüchtern. Armes kleines Lebewesen, etwas nur noch für die Mülltonne. Er verstand seinen Sohn, seinen Zorn, seine Ratlosigkeit. Was habt ihr eigentlich mit ihm gemacht?

Mama hat ihn genommen und beerdigt. Ich war nicht dabei.

Wie hat sie das gemacht, ihn beerdigt? Wie beerdigt man einen Hund?

Keine Ahnung.

Glaubst du, sie hat ihn einfach irgendwo vergraben?

Keine Ahnung. Frag sie.

Zum ersten Mal kam er damals, ohne es vor seiner Mutter verheimlichen zu wollen, mit einer Flasche Bier nach Hause, schmiß sich auf sein Bett und drehte die Musik, die ohnehin immer lief, noch lauter. Einen Teil der Hundeleine trug er immer noch, als Armband.

Chuck hörte sich das alles an, auch die Vorwürfe. Nicht nur sein Gott war ein Feigling, auch sein Vater war einer.

Das kommt davon, sagte sie. Liegt mit einer Flasche Bier auf dem Bett! Der Fernseher läuft, die Musik läuft! Und die ganze Zeit hängt er am Telefon! Als ich reinkam, schaute er mich an und sagte: »Raus, das ist mein Zimmer!«, setzte die Flasche, die schon fast leer war, an den Mund und trank. Es war ihr der Schock immer noch anzumerken, die Wut über ihre Hilflosigkeit, sich nicht wirklich und wirksam gegen derartige Unverschämtheiten wehren zu können. Ich habe mich geekelt. Ich habe mich vor meinem eigenen Kind geekelt.

Und dann hast du die Polizei gerufen.

So ungefähr war mir, ja. Der Junge ist gerade mal zwölf. Zwölf, mein Gott. Ein Kind! Ihr brach fast die Stimme.

Chuck behielt, was er dachte, für sich und kommentierte auch nicht ihre Überzeugung, man habe es hier mit dem Ernstfall einer Katastrophe zu tun. Er hatte es hinter sich. Es gab keine Vergangenheit, außer daß sie gemeinsam ein Kind hatten.

Was soll ich tun? Ich weiß nicht, was ich tun soll, sagte sie. So wie sie sich anhörte, mußte es für sie eine Qual sein, sich das eingestehen zu müssen.

Tu nichts! Laß ihn, sagte Chuck. Gib ihm Zeit. Laß ihn drüber wegkommen, allein. Er ist ein guter Junge.

Er hätte sich gewünscht, daß sie dem, was er sagte, zustimmt, aber sie sagte nichts. Sie war wütend. Sie war über so vieles, was mit ihr geschehen war, wütend. Sie war jung. Sie hatte nebenbei auch noch ein privates Leben, und auch dafür kaum Zeit.

Es gibt, sagte er, ein untrügliches Zeichen dafür, ob einer ein guter Junge ist. Er wollte ihren Ehrgeiz wecken, den Weg zurück zu einem vernünftigen Gespräch mit ihm zu finden, aber sie machte sich nicht die Mühe. Willst du wissen, welches?

Nein.

Daß er einem in die Augen schauen kann! Und unser Kind kann es. Es kann es auch in für ihn unangenehmen Situationen. Also beruhige dich.

Nein, den Gefallen tat sie ihm nicht, nicht ums Verrekken. Sie gönnte ihm den Triumph nicht. Er sollte sich schämen, nicht triumphieren.

Vater, Mutter und Kind, das waren in diesem Fall drei Generationen, getrennt durch grob gerechnet jeweils fünfundzwanzig Jahre; und jede sendete auf einer anderen Frequenz. Und sie, die Arme, saß, wenig beneidenswert, in der Mitte.

Sein ganzes Zimmer stinkt, und das nicht nur nach seinen dreckigen durchgeschwitzten Hemden und T-Shirts und Socken, sondern nach Bier. Und sagen läßt er sich natürlich auch nichts. Es würde mich nicht wundern, wenn er auch noch irgendwo eine Schnapsflasche oder so was versteckt hätte oder demnächst anfängt, die Schule zu schwänzen.

Er hörte, wie sie gegen den Wunsch, lange und laut schreien zu wollen, ankämpfte, und hörte die Verzweiflung, die in ihr war. Er hörte alles, was sich in ihr an Traurigkeit und Wut und Hilflosigkeit aufgestaut hatte, hörte auch das, was sie ihm jetzt am liebsten alles sagen würde, alles, was sie ihm bereits mehr als nur einmal an den Kopf geworfen hatte: daß er ein Mann ohne Gefühl sei, ohne Ehrgefühl, ohne Gefühl für Verantwortung! Einer dieser Männer, die, wenn es ernst wird, versagen! Vielleicht war er wer, aber wer war er denn schon? Einer, der sich in ein Zimmer einschließe, um zu schreiben, aber nichts, wie sie ihm versicherte, nichts, was die Leute wirklich lesen wollten – was die von ihr durchgesetzte Überprüfung seiner Steuererklärung bestätigte: kaum Einkünfte aus Buchverkäufen. Was ihr am meisten zu schaffen machte, war, daß sie ihn mit nichts, was sie sagte, beleidigen, geschweige denn verletzen konnte. Er bot keinen Widerstand. Es schien ihn nicht einmal zu ärgern.

Sie hörte, wie er sich eine Zigarette anzündete. Sag was, sagte sie.

Laß ihn in Ruhe, schlug Chuck vor. Laß ihn einfach in Ruhe. Er hat einen Schlag zu verdauen, und keinen Gegner.

Aha, sagte sie, und es klang bitter. Sie hatte nichts übrig für das, was sie nicht verstand; und schon gar nichts für die ruhige, freundliche Gelassenheit, in der Chuck sich gefiel, was nur bedeuten konnte, daß er sie mit ihren Sorgen alleine ließ. Auf welchem Berg sitzt du? Wie ist die Luft da oben? Sie hörte sich an, als sei sie, obwohl Tränen in den Augen, nahe dran, in Gelächter auszubrechen, begnügte sich dann aber mit einem müden elenden Seufzer und gab sich geschlagen. Was für ein Glück, dir begegnet zu sein!

Was für ein Glück, einen Sohn wie ihn zu haben, sagte

Chuck. Einer, der nicht besser und nicht schlechter, nicht gescheiter oder dümmer ist als jeder andere Junge, der da draußen durch die Gegend läuft. Das ganz normale gesunde, robuste Exemplar eines Jungen! Er hat alle Talente, die einer in seinem Alter haben sollte. Ich habe ihn einmal beobachtet, wie er einem alten Mann über die Straße geholfen hat – was er, hätte ich ihn darauf angesprochen, sicher abgestritten hätte. Was, wie ich finde, ganz in Ordnung ist.

Wie schnell alles gegangen war! Wie unwiderruflich schnell! Ich bin schwanger, hatte sie gesagt, aus Angst vor seiner Reaktion am Telefon. Dann hatte sie geweint. Und dann aufgelegt.

Kaum zu zweit, schon zu dritt! – wie Onkel Theo seine Erfahrungen mit Frauen auf den Nenner gebracht hatte; mit drei ehelichen und, grob geschätzt, mindestens der gleichen Anzahl unehelicher Kinder durfte er als Autorität gelten. Chuck, der damals noch ein halbes Kind war, erfuhr das alles erst später, als der Onkel, ein Likörfabrikant, schon unter der Erde lag und sein süffiger Lebenswandel als Todesursache herhalten mußte. Aber zeitlebens behielt Chuck das Bild eines elegant gekleideten Mannes in Erinnerung, der einzige in der Verwandtschaft, der sich mit ihm wie mit einem Erwachsenen unterhielt, mit ihm über alles redete, was ihm gerade einfiel, unterbrochen nur von der besorgten Reaktion der Mutter, die ihrem Bruder befahl, sofort mit dem Unsinn aufzuhören – er nickte zustimmend und redete weiter –, und ihren Sohn ermahnte, einfach nicht hinzuhören, über Geld (»Ist unwichtig, solange man keine finanziellen Probleme hat!«), über Afrika (»Da ist es dunkel und unheimlich! Hände weg!«) und (»Das Schöne ist, daß es zu viele davon gibt«) über Frauen natürlich, von denen er die Hände offenbar auch als Ehemann nie hatte lassen können. Er wäre jedenfalls jetzt, da Chuck wie betäubt auf das Telefon starrte und ihm die Nachricht, womöglich Vater zu werden, wie ein Verhängnis erschien, der Richtige, um sich Trost, Rat, Aufmunterung, Verständnis, was auch immer, zu holen.

Der Anruf war gegen Mitternacht gekommen und hatte Chuck an seiner schwächsten Stelle erwischt, seiner rechten Schulter, in der sich augenblicklich und wie immer sehr schmerzhaft seine Muskulatur verspannte. Er kannte das. Maria, ausgerechnet die samtene Maria, hatte ihm so lange mit ihrem Kinderwunsch in den Ohren gelegen, daß er sich nicht mehr anders zu helfen wußte, als die Hilfe eines Masseurs in Anspruch zu nehmen. Es genügte, um ihn außer Gefecht zu setzen, eine plötzlich aufwallende Verärgerung über eine Bosheit, die mit gleicher Münze zurückzuzahlen er sich aus welchen Gründen auch immer untersagen mußte. Es genügte das Gerede eines Schwachsinnigen, der sich einem in einem Zugabteil aufdrängte, die schleppende Langeweile, die er bei allerlei offiziellen Anlässen durchlitt, die zu besuchen ihm aufgezwungen wurden, eine enttäuschte Erwartung. Es genügte ein falscher Tonfall, eine vernehmlich laut geäußerte und bewußt verletzend gemeinte Bemerkung, schon meldete sich seine Schulter, diese eine so leicht zu beleidigende Stelle über dem Schulterblatt, die nur darauf zu warten schien, ihm Probleme zu machen. Besonders häufig und hartnäckig trat dieser Schmerz natürlich bei Schwierigkeiten mit der eigenen Arbeit auf, einer Beschäftigung, für die man niemand anderen als sich selbst verantwortlich machen konnte. Aber das waren, wie er wußte, Dinge, die einem eben passierten und sich dann auf die eine oder andere Weise erledigten. Nichts, was nicht zu korrigieren wäre! Nichts Unwiderrufliches! Dagegen war die Nachricht, daß ihn das Schicksal unwiderruflich dazu verdammt haben könnte, sich in Zukunft mit einem Kind abgeben zu müssen, wie der Stich eines scharfen Messers – und seiner Schulter jeden Schmerz wert.

Sein Herz schlug. Er suchte die Handflächen nach Zeichen einer unbekannten Krankheit ab. Oder die Krankheit war in ihm, und unsichtbar. Sie saß in seinem Kopf, der nicht mehr in Ordnung war. Einen drogensüchtigen Schriftsteller zum Vater zu haben war ja nicht gerade das, was man einem Kind wünscht. War es nicht überhaupt ein Verbrechen, in seinem Zustand ein Kind gezeugt zu haben? Wie viel Sucht war im Sperma eines Süchtigen? Kam ein Baby damit auf die Welt? Er stand auf und setzte sich wieder, stand wieder auf und fühlte sich, obwohl niemand da war, dabei beobachtet, ging ins Badezimmer, wusch sich das Gesicht, nahm die in einer Packung Valium versteckten Briefchen mit dem Kokain heraus, seine letzte eiserne Ration, und spülte alles die Toilette hinunter und verließ das Badezimmer wieder und starrte dann, als er wieder saß, die Wand an, als suche er dort nach einer Erklärung, nach einem Dementi genauer gesagt; aber es zeigte sich keine Schrift, kein Hinweis, kein Urteil. Was gab es, überlegte er, was Entspannung versprach?

Auf dem Sofa, auf dem er seine Tage zubrachte, lag ein Buch, *Zärtlich ist die Nacht* von Scott Fitzgerald. Es lag da, es lag immer noch da, länger als ein Jahr lang lag es schon da, übersät mit angestrichenen Stellen und an die Seitenränder geschmierten Anmerkungen; ein Buch, das Chuck immer wieder begonnen und immer wieder weggelegt hatte, ein Buch wie Champagner in einem zu schweren Glas, schwerfällig, geschwätzig, traurig, das langweilig zu finden er sich trotzdem nicht entschließen konnte, weshalb er es auch nie zurück ins Regal gestellt und immer wieder da und dort aufgeschlagen hatte. Aber um sich jetzt damit abzulenken, reichte es nicht; er konnte sich nicht konzentrieren. Aber sie waren gute alte Bekannte geworden, Dick und er. Wie Dick war auch Chuck mit einem Konflikt beschäftigt, der ihn an sein Lebensende denken ließ, aber bevor es soweit sein würde, auch an die Chancen, seine Selbstachtung, seine immer laut und prahlerisch behauptete Unabhängigkeit von jedem auf der Erde lebenden Menschen zurückzuerobern, seine ein Leben lang trotzig, mit arroganter Konsequenz eingeübte Selbständigkeit. Was, dachte er, kommt als nächstes? Noch ein Anruf, noch ein Kind?

Er hätte jetzt gern jemand zum Reden gehabt, am besten eine Katze. Er hatte mal eine gehabt. Er wußte, wie hilfreich Katzen in der Not sein konnten. Hunde dagegen sehen, wenn sie einen anschauen, immer aus, als würden sie gleich anfangen zu weinen; und wenn einem selbst zum Heulen war, konnte man das Gesicht in ihr Fell vergraben und sich so ausgiebig wie nötig seinem Selbstmitleid hingeben. Hunde waren nach Mitternacht absolut unbrauchbar! Sie sind eine Zumutung! Sie beobachten dich, sie haben dich immer im Blick. Sie betteln um Zuwendung, sind hilflos ohne Anerkennung. Sie belagern dich mit dummer, unerbittlicher Zähigkeit. Sie sitzen da, bis man tot ist. Und sterben dann selbst – an gebrochenem Herzen. Ganz anders Katzen. Die haben's kapiert. Kein Mitleid! Keine überflüssige Bewegung. Nichts als warme wohlige Ruhe. Die vollkommene Vollkommenheit. Die einzige Art von Faulheit, die funktioniert. Hunde wedeln mit dem Schwanz, Katzen malen damit ein Lächeln in die Luft. Das ist der Unterschied. Wer immer es war, der gesagt hat: Man sieht eine Katze und weiß, was einem fehlt – er hatte recht.

Er hörte den Wecker ticken. Er hörte das gleichbleibend leise Summen des Eisschranks lauter und lauter werden. Das Zimmer, in dem er saß, veränderte sich, wurde heller und dunkler, kleiner und größer. Er kannte das. So war das, wenn er auf Drogen war, auf Zeug, das nichts taugte, kurz vor einem Kollaps. Es gab keinen Ausweg aus einem Körper, der glühte und kochte. Ein Körper, der unbrauchbar geworden war, um sich in Sicherheit zu fühlen. Alles in ihm war in sinnloser, kräftezehrender Erregung. Es war die richtige Uhrzeit, um auf eine Tür zu starren, auf die Nacht jenseits des Fensters, auf eine Tischkante, das Muster im Holz eines Stuhls. Es war überhaupt Zeit, sich zu fragen, welche der vielen Zigaretten, die er angezündet, kaum angeraucht und wieder ausgedrückt hatte, die richtige war. Es dauerte einige Zeit, bis er, nachdem er das Fenster geöffnet und frische Luft geatmet hatte, wieder klar denken konnte. Aber was denken? Was war das für eine Geschichte, die seine Routine, die Stille, das Glück, die Sicherheit seines Alleinseins bedrohte?

War einer, der allein war, nicht vollständig genug? War alles falscher Alarm, ein Irrtum? Er konnte sich an nichts erinnern, was aus einem bald alten Mann und einem jungen hübschen naiven Mädchen zu Recht Vater und Mutter eines Kindes machen sollte, kein zärtlicher Brief, kein unvergeßlicher Kuß, kein Versprechen.

Er war verzweifelt genug, die richtige Entscheidung zu fällen. Er setzte sich hin und schrieb der Katze, die nicht da war, einen Brief.

Hier ist er.

Sag, Katze, sag mir, was du weißt,
wie einem das Herz heil bleibt, und
niemand stirbt, und alles, was stirbt,
leicht ist, einer Freude ähnlich,
die ich nicht kenne?

Kämpfe verliert man, Spiele gewinnt man – schrieb sie zurück.

Nein, die Sache war nicht gut gelaufen, seine Geschichte mit dem Mädchen nicht, ein Mädchen, das ihm, als er es zum ersten Mal gesehen und angesprochen hatte, wie etwas Blühendes, etwas berührend Unschuldiges, etwas noch kaum Berührtes erschienen war, und die mit dem Kind auch nicht. Er hatte nie ein aufrichtiges Interesse an dem aufbringen können, wer sie war, was sie dachte, was sie gemacht hatte oder in Zukunft zu tun vorhatte. Sie war immer nur Teil einer anderen größeren Mission gewesen. Sie war das Symbol seiner Aussöhnung mit sich selbst. Hätte er sich finanziell eine Entzugsklinik leisten können, er hätte sich einweisen lassen. Er hatte mit einem, der in einer einsaß, bereits telefoniert, ein langes Ferngespräch nach Frankreich. Es sei hart, aber zauberhaft, hatte der gesagt und ihn eingeladen, nach Quiberon zu kommen und ihm Gesellschaft zu leisten. Es seien, sagte er, jede Menge interessanter Leute da, *tout le monde.* Und überall hingen Fotos von Romy Schneider herum. Er lachte, es ging ihm gut, er würde allerdings, wie er sagte, liebend gern wieder rückfällig werden. Er war wohlhabend genug (und als Theaterregisseur gut genug im Geschäft), um sich seinen Humor leisten zu können (für den, besser gesagt: für das Gespür dafür, waren seine leisen, immer leicht schwebenden Inszenierungen berühmt). Chuck dagegen war der Humor vergangen, er stand im Sumpf und der Boden unter seinen Füßen gab mehr und mehr nach. Er sank tiefer und tiefer ein und mußte selbst sehen, was zu schaffen war – und wie. Das damals stille, fast stumme, von seinem Antrag überraschte Mädchen war sein Schutzengel gegen mächtige Dämonen gewesen, mächtiger, gefährlicher als die der Liebe. Und auch das war sie gewesen: seine letzte Chance, sich vor dem Tod in Sicherheit zu bringen. Grund genug, dankbar zu sein. Er fand es trotzdem nicht fair, daß eine Sache, die vorbei war, wieder zu atmen anfing.

Aber was dann anfing zu atmen, war nicht vorbei, im Gegenteil. Es war lebendig, ein kleines neues Leben, ein Kind, ein Wunder. Es begann im gleichen Moment zu atmen, als auch Chuck wieder damit anfing. Es war der Vater so neu geboren wie der Sohn. Er hatte es geschafft. Er war am Tag der Entbindung seine Sucht los, endgültig, für immer.

Eines Tages würde er ihm alles erzählen, ihre ganze wahre Geschichte.

Zwei Tage später rief er seinen alten Boxtrainer an. Ich bin's, Chuck! Ich hoffe, Sie können sich noch an mich erinnern. Ach du liebe Güte, natürlich! Kampfgewicht 64 Kilo. Keine schlechte Linke, aber keine Deckung. Aus Ihnen wäre nie was geworden! Wenn er so redete, war das ein Kompliment. Leben Sie noch? Was ist passiert? Er hörte sich gut an, der alte Preisboxer. Der Krieg hatte ihm seine Karriere versaut, seine besten Jahre. Und die Jahre seiner Gefangenschaft bei den Russen die Gesundheit. Dann war, viel zu früh, seine Frau gestorben. Er war, um sich nach oben zu boxen, zu gutmütig; und zu anständig, um sich unverdiente Vorteile zu verschaffen. Er widerstand dem Alkohol, obwohl es ihm manchmal schwerfiel, sich nicht zu Tode zu saufen. Reparierte Nähmaschinen und Standuhren und Rasenmäher, ein Handwerk, das er sich selbst beigebracht hatte, als wollte er sich beweisen, daß er nicht nur seine Fäuste zu gebrauchen wußte, sondern, weil es mit den Fäusten nicht mehr ging, seine Finger. Er hatte, wollte er nicht verhungern, keine Wahl gehabt. Wer traute einem herzkranken Rentner noch zu, jungen Burschen das Boxen beizubringen? Ein armer Teufel, aber was für ein liebenswerter, höflicher alter Herr er war! Immer noch aktiv, wollte Chuck wissen? Na ja, sagte er, wenn Sie wieder anfangen wollen, bringe ich mich vorher in Form. Deshalb rufe ich an. Immer noch die gleiche Adresse? Ein Keller, den ein Bekannter für ihn leer geräumt hatte und wo er Privatleuten half, sich fit zu halten; groß genug für einen Ring, einen schweren, von der Decke baumelnden, notdürftig geflickten Sandsack und eine Ecke mit einer kleinen Bank zum Umziehen. An Haken hingen Handtücher, Handschuhe, Bandagen, feucht, schmutzig, mit altem saurem Schweiß imprägniert; der ganze Keller roch danach. An der Innenseite der Tür hing ein Plakat Gegen Tierversuche! Hat sich nichts geändert, sagte er, obwohl die im Haus mich raushaben wollen. Das Übliche! Anständige, brave Bürger! Die sehen jemand, den sie nicht kennen, im Treppenhaus, und viel fehlt nicht, daß sie die Polizei rufen. Es hatte sich also rein gar nichts geändert! Was passiert ist? Nichts, sagte Chuck, ich bin Vater geworden. Hoppla, sagte er, gratuliere! Es gibt nichts Schöneres auf der Welt. Er erzählte von seiner Tochter, die in Australien lebte, von seinen drei Enkelkindern, die er nur von Fotos her kannte, und ihre Stimmen vom Telefon. Und wie ist es Ihnen ergangen, unterbrach ihn Chuck, was macht das Herz? Es geht, sagte er. Was ist es, Junge oder Mädchen? Ein Junge! Gratuliere! Machen Sie die Mutter zu einer glücklichen Frau, dann geht es Ihnen und dem Jungen auch gut, sagte er. Theoretisch war dagegen nicht viel einzuwenden, aber es war eben Theorie. Was für ein schlichtes Gemüt! Wie einfach das war, an was man glauben konnte. Es war fast etwas, an das man selbst gern geglaubt hätte. Als er, Jahre später und längst in einer anderen Stadt wohnhaft, seine Post öffnete, war ein Brief dabeigewesen, den ihm eine alte Freundin geschickt hatte, eine kurze Notiz nur (sie hatte, wie sie schrieb, ihren ihr untreuen Mann verlassen, der sie, wie konventionell, mit seiner Sekretärin betrogen habe, die bereits von ihm schwanger sei, und die Gelegenheit genutzt, gleich auch sonst Ordnung zu machen und ihre Schränke und Schubladen ausgemistet!) zusammen mit einem Foto, einem Polaroid, das seinen Sohn, gerade geboren, an der Brust seiner Mutter zeigte. Ein Bild wie gemalt! Ein Bild, wie es zu allen Jahrhunderten so viele große Künstler der Menschheit überliefert haben, die Darstellung einer frohen Botschaft, die lautete: Siehe, es ist uns ein Kind geboren! Was in die Moderne übersetzt heißt: Tu nichts, um Leben zu verhindern! Die Verkündigung einer einfachen Wahrheit, die Lobpreisung des Lebens, seiner Schönheit und seiner über alles Individuelle, alles Zufällige, allen Schwindel hinausgehenden Reinheit. Wie sehr hatte ihn, als er das Foto anschaute, das Gefühl seiner Unfähigkeit gepeinigt, daran glauben zu können! Was blieb, war der Glaube an die Kunst! Wann fangen wir an? Chuck trommelte seine alten Freunde, mit denen er mit dem Boxen begonnen und dann aufgehört hatte, zusammen, und sie fingen an.

Er war damals, als es passierte, in keiner guten Verfassung gewesen. Er fühlte sich leer, verbraucht, von seiner Sucht verbrannt. Er konnte nicht mehr denken, also konnte er auch nicht mehr schreiben, die Ergebnisse waren entsprechend. Die ganze magere Ausbeute jener Jahre war das Bruchstück eines Romans, begonnen und aufgegeben. Der Beweis seines Versagens. Seine Suche nach visionärer Wahrnehmung war, wie sich Chuck eingestehen mußte, gescheitert. Und mehr noch: Er empfand regelrecht Widerwillen gegen das, was ihm, seit er denken konnte, das Wichtigste gewesen war: das bedächtige ruhige Ausharren vor einem Blatt Papier, der Versuch, das

Kommando über das, was da entstand, zu übernehmen, der Wunsch, dem Leben im Prisma einer unauslöschlich festgehaltenen Einzelheit Dauer zu verleihen – eine Tätigkeit, in die er von Anfang an all seine Hoffnung gesetzt hatte. Mit was sollte er die von ihm erfundenen Personen beschenken? Ihm fehlte der Mut, sich zu einer schöpferischen Großtat aufzuraffen. Er hatte nicht einmal die Geduld, von diesem Mut zu träumen. Die ganzen letzten Jahre hindurch waren Menschen gestorben, die er kannte, einige von ihnen sehr gut, fast jede Woche einer. Und die nächsten Opfer, wenigstens die, die noch auf das Wunder ihrer Heilung hofften und wie aus Gewohnheit noch immer unternehmungslustig waren, drehten ihre Abschiedsrunden. Sie hatten nicht mehr das rote Tuch, ihr Erkennungszeichen, einstecken, sondern ihre Testamente. Bläulich abgemagerte, vor sich hin fiebernde Gestalten. Der Schweiß glänzte, nicht das Leder, das sie wie eine zweite Haut getragen hatten. Ihre Gesten, noch immer angelegt auf großen Stil, erstarben auf halber Höhe in Erschöpfung. Es hatte keine Bedeutung mehr, was ein Blick einmal jedem von ihnen an Vergnügen versprochen hatte. *So viel Spaß – und so lange her.* Das wäre erledigt, waren, bevor er starb, die letzten Worte von Michael, einem von Chucks Freunden, dem Geliebten von Dieter, der keine vier Monate nach ihm starb.

Erledigt? Ja, erledigt! Das Fest war zu Ende. Es starben die Männer, ihre Liebhaber, die schöne Liebe. Eine ganze Generation war am Sterben. Chuck spürte, wie auch er dabei war, kaputtzugehen, was ihm – die bei weitem schmerzlichste seiner Erinnerungen – unweigerlich Gretas Sterben ins Gedächtnis zurückrief. Sie war zwanzig damals, und in etwa so lange lag sie jetzt schon unter der Erde.

Die Pranke gehörte einem Löwen, und der Löwe zu den Überresten eines bescheidenen kleinen Zirkusunternehmens, das, wenig erfolgreich, in unserer Stadt gastiert hatte und nun wegen einer Anzeige von Bürgern und Verbänden von Tierschützern (und eines daraufhin gegen den Zirkusdirektor ergangenen behördlichen Beschlusses) festsaß.

Es standen auf dem teilweise bereits wieder als Parkplatz genutzten Gelände noch ein paar Wohnwagen herum, ein Sattelschlepper mit den verschnürten Zeltplanen, zwei Traktoren und eben jener armselige alte Käfigwagen mit den drei Raubkatzen. Sie lagen träge da, schienen sich in ihre lebenslange Gefangenschaft ergeben zu haben und auf nichts zu warten als die nächste Fütterung.

Nach zwei Jahren kannte ich Greta genug, um zu wissen, daß sie sich am liebsten zu den Tieren in den Käfig gelegt hätte.

An den Käfigwagen heranzukommen war ein Kinderspiel. Zwar stand noch ein hüfthohes Gitter davor, aber links und rechts war der Zugang kein Problem. Auch die beiden jungen Männer, Zirkusleute, damit beschäftigt, den Motor eines der Traktoren wieder zum Laufen zu bringen, beachteten uns nicht. Sie pfiffen nur den Hund zurück, der uns ankläffte.

Greta schaute die Tiere an, dann mich. Was meinst du? Ob die mich erkennen?

Ich sah es an ihrem Blick. Es war wieder soweit. Sie phantasierte.

Ich legte von hinten die Arme um sie, für alle Fälle. Es war gefährlich, nicht auf alles gefaßt zu sein. Trotzdem sagte ich: Kann gut sein!

Ihre Anfälle hatten sich schon immer so angekündigt, auch als sie noch nicht so krank und unberechenbar war. Zuerst kam alles in ihr in überdrehter, zerdehnter Langsamkeit zum Stillstand, etwas wie die Ruhe vor dem Sturm, dessen Zentrum sich aber gleichzeitig bereitmachte, sich zu entladen. Etwas in ihr, ein Muskel, ein Wille verwandelte die Ruhe in Energie, in eine durch Konzentration entfesselte, gefährliche, vor allem für sie selbst gefährliche Energie, was mich hätte alarmieren sollen.

Der Teufel hatte sich, mit ruhiger Hand, schon einmal zu Wort gemeldet, als sich Greta mit einem Messer seelenruhig die Haut aufgeschlitzt hatte, nicht tief, absichtlich nicht.

Nicht viel vernünftiger war ihre Ankündigung, die sie dann auch wahr machte, die Wunde, sobald sie vernarbt sein würde, zum Motiv, zum Mittelpunkt einer Tätowierung zu machen. Am Ende begnügte sie sich, der Narbe einfach einen schwarzen Rand zu verpassen, was die Verletzung für immer unübersehbar machte.

So war sie. Sie glaubte daran. Sie wollte, was ihrer Seele weh tat, sehen. Jeder Schnitt ein Zeichen, jedes Zeichen ein Datum, die Strichliste ihrer kleinen Attentate.

Ich kannte sie damals noch nicht lange und wollte sie, glaube ich, eher wieder loswerden und hatte ihr das gesagt. Mehr war nicht. Es war nicht einmal ein Streit. Und dann das, ein Messer, ihr Arm, ein Schnitt, und, schwach und schwermütig, ihr Lächeln, mit dem sie mich bat, sie zu lieben. So fing die ganze Geschichte an.

Nein, wirklich angefangen hatte sie schon vorher, einige Monate früher, als sie im Schlepptau eines politischen Aktivisten (wie man das damals nannte) in meiner Wohnung aufkreuzte. Er ein Ex-Student, Mitglied einer trotzkistischen Splittergruppe, eigentlich aber ein Nichtstuer, den ich flüchtig von Hausbesetzungen und Demonstrationen her kannte, und von den Straßenschlachten, die wir uns als Studenten mit der Polizei geliefert hatten. Sie ein Mädchen, halb Hippie, halb Kalifentochter. Was die beiden miteinander hatten (oder gehabt hatten und wie lange schon), war mir nicht klar. Ich mische mich ungern in laufende Verhältnisse ein, es sei denn ... nun ja, es sei denn, ich bin machtlos. Und ich spürte, daß ich kurz davor war, es zu sein, noch bevor ich die Tür hinter ihnen geschlossen hatte. Sie war schön, schön wie ein Stein, ein von der Sonne beschienener schöner Stein.

Sie war Italienerin – und drauf und dran, wie ich dann erfuhr, nach Kuba zu fliegen. Reichlich spät, wie ihr Begleiter spottete, die Revolution feiere inzwischen bereits ihr Zehnjähriges! Und junge schöne Revolutionärinnen produziere die Insel genug selbst. Und außerdem: Wenn sie kämpfen, den revolutionären Kampf, wie er sich ausdrückte, wirklich kämpfen wolle, gäbe es in Europa, in Deutschland und wohl auch in Italien genug Möglichkeiten.

Ich kannte das alles, und blieb ruhig. Und sie auch. Und genau das, ihre Ruhe und ihr, wie er das nannte, politischer Ungehorsam (er hatte wahrscheinlich ganz einfach nur Schwachsinn sagen wollen!) schienen seine Nerven zu überfordern. Sie sagte einfach nichts. Sie schien völlig unbeteiligt, saß auf dem Boden, mit dem

Rücken zur Wand, und schrieb oder zeichnete etwas in ein Notizbuch. Es widersprach offenbar ihrer Erziehung, einen Mann ernst zu nehmen, der keinen Humor hatte – und seinen Trotzki nicht kannte. Dieser junge Mann, soll Leo Trotzki nach einer Unterredung mit einem ihm unbekannten Revolutionär gesagt haben, dieser junge Mann ist politisch unzuverlässig, er hat uns nicht einmal eine Tasse Kaffee angeboten.

Ich erbot mich, einen Joint zu rollen.

Ihr Begleiter lehnte mit grimmiger Verachtung ab. Und hielt mir eine Standpauke, der zuzuhören mich amüsierte. Rauschgift sei, informierte er mich, ein vom US-Imperialismus organisiertes Geschäft und der von ihm propagierte Kampf gegen die Drogenkartelle reine Augenwischerei. Die sogenannten anständigen, demokratischen Regierungen hätten alle die Hände tief drin. Drogen seien Waffen, gerichtet gegen das politische Erwachen der Menschen! Es sei Sache des bewaffneten Kampfes, nicht nur der Politik des Feindes den Krieg zu erklären, sondern dem System des Kapitals insgesamt. Und dem Rauschgift! Rauschgift lähme den Willen. Es mache aus Kämpfern Kiffer! Er setzte mich, ich sah es ihm an, gerade auf die schwarze Liste. Rauben wir denen die Zukunft, die sie verraten, den verliebten Taugenichtsen und ihren Künstlern.

Ich hatte nichts dagegen, daß er recht hatte. Mich störte nur seine Sprache; es war die Sprache seiner Flugblätter, er mußte sie auswendig gelernt haben.

Aus keinem ersichtlichen Grund hatte er plötzlich genug. Er holte tief Atem, er inhalierte mehr Luft, als Luft im Zimmer war. Diese ganze Rock-'n-Roll-Scheiße! Das war das Ende. Woodstock! Was war denn Woodstock!? Woodstock war Disneyland, ein Rummelplatz für Aussteiger! Er schaute Greta an, und die meinte er. Und Greta schaute mich an, wie um sich zu entschuldigen.

Ob ich ein Bier hätte, wollte er wissen.

Nein.

Er konnte es nicht glauben. Nicht eines?

Nicht einen Tropfen.

Und ich dachte immer, Schriftsteller saufen.

Es gibt sie, die saufen. Und nicht alle sind Blindgänger.

Wir versuchten dann beide, sie von der Reise nach Kuba abzuhalten. Ihr aufgebrachter Freund argumentierte, natürlich, politisch und beschimpfte sie dann als unreife italienische Pin-up-Intellektuelle und reiches verwöhntes Kind, und hätte das gerne vor größerem Publikum als nur vor mir getan. Ich ließ ihm den Spaß, ich wollte einfach nur Zeit gewinnen.

Als Greta ihren Trotzkisten mit der Bemerkung: »Wenn du rumschreist, wirkst du noch niedlicher!« vollends aus der Fassung gebracht hatte, nahm der den nächstbesten Gegenstand, es war, glaube ich, eine Dose mit Kondensmilch, warf nach ihr und verletzte sie an der Stirn. Sie blutete, tat aber weiter nichts. Sie ließ das Blut einfach fließen, ein kleines Rinnsal, das sie, am Kinn angekommen, einfach mit dem Handrücken wegwischte.

Ich glaube, wir legen jetzt alle erst mal eine Pause ein, sagte ich, was voraussetzte, daß er sich würde beruhigen können. Als er das nicht wollte, ging ich daran, den Störenfried aus meiner Wohnung zu entfernen. Es genügte, daß ich ihm versicherte, ihn zu bedauern, ihm klarmachte, daß er keinen Stich mehr auf der Hand hatte, und keinen im Ärmel, und daß ein Bluff zwecklos sei. Es brauchte nicht mehr als ein Kopfschütteln, damit er sah, daß auch dieses Zimmer eine Tür hatte; und irgendwie sah er inzwischen wohl selbst ein, daß er mit seinem Ausraster seine Abschiedsvorstellung gehabt hatte. An der Tür drehte er sich noch einmal zu mir um und sagte: Aber glaub nicht, daß ich dir einen Gefallen tue, sie dir zu überlassen.

Tut mir leid, sagte Greta, als ich – allein – zurückkam, und deutete auf den Blutfleck auf dem Boden, es ist sonst nicht meine Art, Spuren zu hinterlassen.

Glaub nicht, daß ich dir einen Gefallen tue, sie dir zu überlassen! An diesen Satz würde ich noch oft denken müssen. Aber Glaubenssache hin oder her, erst einmal war sie in Sicherheit – und der Abstecher nach Kuba kein Thema mehr.

Sie machte einen Schritt auf den Käfigwagen zu, blieb nah davor stehen und konzentrierte sich auf den Wunsch, die aus dem Zwischenraum der Eisenstäbe hängende Pranke eines der Löwen zu berühren.

Vernünftigerweise hätte ich ihre Verrücktheit spätestens jetzt richtig einschätzen, beenden und sie auffordern müssen, vorsichtiger zu sein. Ich hätte sie packen, am Arm nehmen und mit ihr weggehen müssen. Ich hätte handeln müssen, aber ich konnte nicht. Ich stand da und schaute zu. Ich hoffte sogar, daß niemand sie störte, vor allem die Männer nicht, die sich nur nach uns hätten umdrehen müssen.

Wir haben einander nie irgendwelche Versprechungen gemacht. Wir waren frei. Es hing unser Leben davon ab, nichts daran ändern zu wollen und über nichts, was das betraf, zu reden. Wir wären verloren gewesen, hätten wir nicht gewagt, einander gefährlich zu bleiben.

Greta, obwohl leidenschaftlich oder, wenn ihr danach war, oft auch einfach nur hinreißend albern, war eine Frau der Trauer, ein ungeschütztes, durch lange zurückliegende, mir nicht bekannte Lebensumstände beschädigtes Geschöpf, leicht zu verwirren und zu entmutigen, wobei sie sich, wenn sie traurig war, sofort in sich zurückzog und dann lange, mehrere Tage und oft sogar Wochen manchmal in diesem Zustand ausharrte. Richtig zu schaffen machte ihr, wenn sie mich im Verdacht hatte, ich hielte sie für gefährdet, womöglich sogar, was ihren Gemütszustand betraf, für ernsthaft krank. Ein nicht ganz ungerechtfertigter Verdacht, obwohl es unter meinen Freunden kaum einen gab, der sich nicht mehr um meinen als um ihren Geisteszustand Sorgen machte. Es gab, gebe ich zu, genug Anhaltspunkte, uns beide für durchgeknallt zu halten! Da saß jemand in einer Ecke meiner Wohnung, nackt oder angezogen, mischte sich in nichts ein, sprach mit niemandem, schaute niemanden an, kritzelte ihren Arm voll oder einen ihrer Schenkel oder übertrug die Muster der eigenen oder meiner Handfläche auf Papier. Sie redete, wenn überhaupt, nur mit mir, und das so, als sei niemand außer uns beiden anwesend. Sie schrieb, wie sie es nannte, Briefe. Es kam vor, daß sie an einem ihrer Briefe Tage, ganze Tage und Nächte hindurch arbeitete, um mir den einen oder anderen dann zum Geschenk zu machen, Briefe, die eigentlich Zeichnungen waren, einige klein wie Schnipsel (mit einem halb geschriebenen, halb gemalten Etwas), andere aufwendig, groß wie Landkarten, und wie diese gefaltet; man hätte sie rahmen und als Kunstwerke ausstellen können. Ich mühte mich ab, den Sinn ihrer Arbeit zu verstehen, die feinen, oft tatsächlich mithilfe einer Lupe gezeichneten, untrennbar in sich verschlungenen Linien zu entwirren, dieses Blätterwerk so vieler Rätsel. Eines der Zeichen, irgend etwas Ägyptisches, das mir aus einem ihrer Briefe in Erinnerung geblieben war, entdeckte ich beim Liebesspiel an ihrem Körper wieder, zwischen Nabel und Scham, eine zweite Tätowierung.

Meine Freunde machten sich Sorgen – und machten Witze. Ausgerechnet Chuck, der, wie sie wußten, in seinem Leben nichts mehr verteidigt hatte als die Ehre seiner Unabhängigkeit, bewohnte in den eigenen vier Wänden nur noch, was eine Frau an Platz nicht benötigte, und fand das in Ordnung! Was für eine Art von Kapitulation war das? Er lebte plötzlich, auch wenn seine Bettgenossin nicht da war, enthaltsam! Ausgerechnet er! Und wie häufig und wie lange sie nicht da war, oft über einen Zeitraum mehrerer Monate hinweg; und selbst dann ging er nicht mit ihnen aus. Unter Freunden waren Frauen immer ein Thema, für ihn nicht mehr. Er zog es vor, den Spielverderber zu spielen – und zu schweigen.

Willkommen in schweren Zeiten, Kumpel. Das war Klaus, der einzige, der verheiratet war. Aber sie is'n Schmuckstück, zugegeben!

Und reich ist sie auch. Wieviel hat sie denn so? Das war Ritchie, der jeden Musiker jeder Rockband der letzten zehn Jahre aufsagen konnte. Ein kleiner harmloser Dealer.

Und da war Jamal in seinem eleganten safranfarbenen Gewand, ein groß und feingliedrig gewachsener Inder,

der von morgens vier bis zum Mittag in einer Großbäckerei arbeitete – und von Mittag bis Mitternacht mit Ritchie und Klaus zusammen war.

Wach auf, Chuck, es ist doch nur ein Mädchen! Eigentlich sollte sich Jamal auskennen, auch wenn er sich, seiner Wirkung bewußt, auf die reife weiße europäische Frau spezialisiert hatte, die er in seiner Freizeit mühelos eine nach der anderen verführte. Er warf ihnen, kaum daß er sie angesprochen hatte, das I-Ging, was den gewünschten Effekt kaum jemals verfehlte. Die Frauen entspannten sich. Sie schauten in dunkle Augen. Die Haut des Fremden roch gut. Es tat gut, eine Stimme zu hören, die schöne Dinge sagte. Der Vorgang selbst, das Werfen der Münzen, das Zeichnen der Striche, ihre Deutung, versetzte die Membrane ihrer Seelen in Schwingung, wärmte sie bis in die Fußspitzen – Jamal konnte die Sekunden zählen, bis es um sie geschehen war. Du machst dir nur das Leben schwer, Chuck. Was gibst du dich mit Kindern ab. Die alten Sünden sind die besten.

War er vielleicht nur verärgert, daß er ausgerechnet auf sie keinen Eindruck machte?

Jamal stammte aus Bombay und hätte mit seinem Gesicht in seinem Land auch auf der Leinwand eine gute Figur gemacht, hatte sich aber nach München abgesetzt. Wie er sagte: Näher als in Deutschland zu leben, kann man Amerika nicht kommen. Apropos Sünden, wie steht's denn um dein Stehvermögen?

Was hätte ich sagen, was antworten sollen? Ich war aus der Übung, mit Menschen zu sprechen, selbst mit Freunden, und schon gar nicht über mein Verhältnis zu Greta – und das nicht deshalb, weil ich daraus ein Geheimnis hätte machen wollen. Es gab kein Geheimnis. Unsere Wege hatten sich gekreuzt, das war alles. Wir waren aufeinander neugierig, und sind es geblieben. Der Sex, den wir hatten, gefiel uns, weil uns Sex gefiel. Sex mit Liebe, Sex ohne Liebe. Es half, daß sie schön war, aber hilfreich war auch, wie wenig sie sich etwas darauf einbildete. Sie konnte wütend werden, deshalb angestarrt zu werden. Sie sollte, ihrer Jugend und Schönheit wegen, in Italien in einem Film die Julia spielen; da war sie dreizehn. Sie reagierte darauf mit einem Wutanfall, der so heftig war, daß er zu einem Zusammenbruch führte. Sie bekam hohes Fieber und mußte danach tagelang das Bett hüten. Die Welt war zum Feind geworden, ihre Schönheit zu einer Wunde. Die Freunde ihres Vaters wünschten das junge Fräulein zu sehen, wenn sie Gäste im Haus waren. Sie wurde dann, und ihre Mutter ließ es zu, wie eine Puppe hereingeführt und begutachtet. Sie mußte sich die Komplimente, die sie machten, anhören und wie sie sich gutmütig über ihren Vater lustig machten. Das ist nicht deine Tochter, versicherten sie ihrem Gastgeber. Und es war kein Scherz. Sie war es, wie sich nach der Scheidung ihrer Eltern herausstellte, tatsächlich nicht. Sie hat ihren richtigen Vater nie kennengelernt. Wer er war? Ein schöner Mann, mehr konnte ich nicht für dich tun, sagte ihre Mutter und verweigerte weitere Auskünfte. Und dann explodierten Bomben. Es gab Attentate. Es gab Streiks. Und es gab die Zeitungen, die darüber berichteten und die sie las. Sie sah Fidel Castro im Fernsehen, wie er eine Rede hielt. Sie sah Che Guevara, der dann nach Angola ging. Sie hatte noch nie eine solche Menge Menschen gesehen, und alle glücklich. Sie war es auch, zum ersten Mal in ihrem Leben. Und sie beschloß, sie würde auswandern, und sei es nur, um unter all den vielen schönen Mädchen, die es auf Kuba gab, nicht weiter aufzufallen.

Warum, fragte ich mich, löste sie aber auch bei denen meiner Freunde, die sie ablehnten, Neugier aus? Einige kamen wohl überhaupt nur noch deshalb zu Besuch, weil sie hofften, sie sei da. Sie war offenbar zu einer Sehenswürdigkeit geworden.

Ich finde, du übertreibst, sagte Jamal.

Jeder, der verliebt ist, übertreibt, sagte Klaus. Du benimmst dich zwar wie ein Idiot, aber gut, Kumpel. Macht ja nichts. Es lebe die Liebe. Es lebe der Rock-'n-Roll. Klaus reichte Ritchie den Joint, den dritten heute, und legte sich flach. Ich bin gleich wieder einsatzbereit. Ich mach nur mal kurz die Augen zu, ich hab seit Ewigkeiten nicht geschlafen.

Ritchie dagegen war hellwach und fuhr sein Programm hoch. Und das hieß, wenn Klaus ausfiel, der es sonst immer war, der die Platten auflegte, The Grateful Dead. Wenn Ritchie die Deads hörte und richtig gut bekifft war, waren seine Chancen, glücklich zu sein, am größten. Das Gitarrenspiel von Gerry Garcia und daneben das von Phil Lesh und hinten der Bass von Bob Weir, und Ritchie war glücklich – und die Welt, wie sie sein sollte; sie war in Ordnung. Alles war in Ordnung, solange Bill Kreutzmann am Schlagzeug saß und T. C. am Keyboard. Nur einer fehlte, und das war nicht in Ordnung. Es war absolut nicht in Ordnung, daß Pigpen tot war, Ron »Pigpen« McKernan, Gott hab ihn selig. Aber wozu gab es Schallplatten?

Alles in Ordnung, erkundigte sich Jamal und strich

ihm über die Stirn, um herauszufinden, ob er Fieber hatte. Und wandte sich dann wieder mir zu. Kümmer dich um die Kleine, bis sie wieder okay ist, im Kopf okay, sagte Jamal und begann damit, seine Fingernägel mit durchsichtigem Nagellack zu bestreichen. Und schick sie dann weg. Sie ist zu schwer.

Was zum Teufel ist los mit dir, sagte Ritchie und schaute mich an, und dann Jamal. Was zum Teufel ist los mit ihm?

Zieh den Stecker raus, sagte Jamal. Seine Stimme klang sanft und leise. Es war die Stimme, mit der er die Frauen, die ihm gefielen, einschläferte. Es wird Zeit, den Kopf klar zu kriegen.

Meiner war noch nie so klar wie jetzt. Ich könnte auf dem Rücken einer Hand tanzen.

Vielen Dank, Eminenz! Gott segne dich!

An einer der Wände hing ein Foto von ihr. Sollten sie sich damit begnügen, mit ihrem Gesicht (oder was davon unter dem Kopfputz ihrer Haare zu erkennen war!), dem überraschten, feindseligen Blick, dem Mund mit den Lippen und ihrer Nacktheit, ihren Brüsten; ich mußte mich erst daran gewöhnen, sie nicht andauernd in der Hand haben zu wollen.

Sie war da, sie war nicht da. Ich fragte sie nicht danach. Es sind die Fragen, die alles kaputtmachen. Sie war da, stand auf und war nicht mehr da. Sie ließ als Beweis ihrer Anwesenheit nicht viel zurück, nur ihre Zeichensachen auf dem kleinen, mit einem Tuch abgedeckten Tisch in der Ecke am Fenster, ihrer Ecke, wie sie sagte, Lupe, Skizzenblock, Tuschen, Federn, Stifte. Das Zeichnen schien ihr sicherster Halt. Also, nahm ich an, wird sie irgendwann schon wiederauftauchen.

Aber glaub nicht, daß ich dir einen Gefallen tue, sie dir zu überlassen. Selbst wenn ich schlief, ging mir der Satz nicht aus dem Kopf.

Die Schwierigkeit mit Greta war, dem dumpfen Brüten gewachsen zu sein, in das sie verfiel, und das einem, weil man wenig tun, sie nicht ablenken oder aufheitern und also nichts ändern konnte, unweigerlich ebenfalls zu schaffen machte, diesem mit bedrohlich ruheloser Spannung angefüllten Warten (auf was?), das sich in einem Liebesanfall entladen konnte oder dem Entschluß, ihre Sachen zu packen und zu verschwinden.

Einmal, ein einziges Mal, lud sie mich ein, mit ihr auszugehen. Ihr (nicht leiblicher) Vater hatte seinen Besuch angekündigt, und sie würde mit ihm den Abend verbringen und essen gehen müssen, und das nicht irgendwohin. Klar war, daß alles unter einem erstklassigen Restaurant nicht in Frage kam – und ich ihr bei der Entscheidung, welches Restaurant den Ansprüchen ihres Vaters genügen könnte, nicht würde helfen können. Und so hat sie einen Tag lang die Stadt allein danach abgesucht – und sich schließlich für das Sol entschieden, wo wir dann, um es einer Prüfung zu unterziehen, hingingen, eine teure Adresse, etwas für Leute, die essen gehen, aber nicht deshalb, weil sie Hunger haben.

Aber ich hatte Hunger. Ich habe nie besser gegessen und getrunken als in ihrer Gesellschaft, und nie deutlicher die Verwandlung einer mit der Krankheit ihrer Schwermut kämpfenden Frau in ein freches, angriffslustiges Mädchen erlebt, was vielleicht einfach daran lag, daß sie unter ihr fremden Menschen auf einem Stuhl saß und nun, angesichts eines großzügig mit Tellern und Gläsern und Besteck gedeckten und von Kerzen beleuchteten Tisches, nicht wußte, wohin mit sich, wohin mit den Händen, wohin mit mir, den sie noch nie in einem Jakkett gesehen hatte. Es fiel ihr sichtlich schwer, die Sache durchzustehen. Es hatte sie schon als Tochter die größte Anstrengung (und ihren Appetit) gekostet, bei Tisch nicht einmal husten zu dürfen. Und genau diese Erinnerungen waren es, die sie jetzt wieder heimsuchten. Sie konnte nicht atmen unter Aufsicht, und der einzige Weg, ihr zu entgehen, wäre, ihre Umgebung zu ignorieren und damit unweigerlich Aufsehen zu erregen; was sie in Kauf genommen hätte, aber unterließ, mir zuliebe. Der einzige andere Weg, sich Luft zu verschaffen, war der älteste: angeborene Vornehmheit, dargeboten mit Verachtung – und einem nichtssagenden, unbesiegbaren Ausdruck im Gesicht.

Aber ganz ohne Aufsehen ging es natürlich trotzdem nicht ab. Sie beherrschte sogar das Spiel, hart an die Grenzen zu gehen, indem sie es ablehnte, sich Feuer geben zu lassen, auch als einer der Kellner bereits mit einem brennenden Streichholz bereitstand. Sie spielte das verwöhnte reiche rechthaberische Ekel. Was den Wein anging, so machte sie dem dafür zuständigen Herrn klar, daß sie darum bitte, solange sie hier der Gast sei, sich selbst einschenken zu dürfen. Entkorken und hinstellen! Und was das Rauchen betrifft, nicht nach jeder ausgedrückten Zigarette den Aschenbecher wechseln (das konnte sie am wenigsten ausstehen: diese Handbewegung, als würden sie mit spitzen Fingern eine Glasscherbe entfernen!). Und nicht zu oft wissen wollen, ob alles nach unseren Wünschen sei. Sie würde sich, wenn sie Wünsche habe, bemerkbar machen. Und noch ein letzter Wunsch, sagte sie, sie ließ nicht locker, die Kerzen, ob sie die Kerzen nicht vielleicht bitte entfernen könnten? Sie sprach mit ihnen, alles Spanier, übrigens in deren Muttersprache.

Das Personal ließ sich nichts anmerken, obwohl jeder der Angestellten es vorgezogen hätte, uns nicht bedienen zu müssen. Aber wir kriegten bei aller Diskretion, die sie ihrem Metier schuldeten, natürlich mit (wir konnten es auf der Haut spüren), wie sie sich Blicke zuwarfen und, wenn es ihre Zeit erlaubte, kurze Bemerkungen über uns austauschten. Aber auch hier galt: Schönheit ist eine harte Währung. Schönheit schüchtert Männer ein. Sie macht ihnen das Leben schwer. Es macht sie hilflos.

Die Überraschung im Sol war nicht die Qualität der Speisen oder später die Höhe der Rechnung, sondern Sebastiano, dessen Nachname der Name des Restaurants war, der Besitzer und sein eigener Küchenchef – und die Tatsache, daß er im Rollstuhl saß.

Greta war, als sie das sah, wie verwandelt. Und ich ahnte, was in ihrem Kopf vorging, und was ich ihr bei Gelegenheit sagen würde.

Es mußte sich unsere Anwesenheit bis in die Küche herumgesprochen haben, denn er rollte zielstrebig zuerst auf den einzigen Tisch ohne Kerzen und mit einer Flasche Rotwein darauf zu. Ich habe gehört, daß Sie meinem Personal Ratschläge erteilen.

Die beiden mochten sich, man sah es.

Wir haben die Sache nur ein wenig vereinfacht und den Tisch entrümpelt.

Er nahm die Flasche, für die wir uns entschieden hatten, schaute sich das Etikett an und übergab sie einem der Kellner. Dann wollen wir die auch – wie sagten Sie? – entrümpeln. Ich werde Sie etwas anderes probieren lassen. Er wünschte uns noch einen schönen Abend und rollte zum nächsten Tisch.

Greta schaute ihm nach, sie konnte gar nicht anders. Ein Mann mittleren Alters, ein Großer seiner Zunft, zwei Sterne, auf Wochen, wenn nicht Monate hinaus ausgebucht; es war nur, weil jemand kurzfristig abgesagt hatte, überhaupt noch eine Reservation möglich gewesen.

Wie lange, glaubst du, sitzt er schon in diesem Ding? Sein ganzes Leben? Wie war das geschehen? Wie ist das passiert?

Was weiß ich, sagte ich, Pfusch bei der Geburt, ein Autounfall, eine Bombe. Vielleicht war der Stier zu stark, gegen den er gekämpft hat.

Eine Bombe?

Er ist Spanier. Und in Spanien gibt es, wie du weißt, jede Menge Terroranschläge, seit langem. Es sterben Menschen. Es gibt Verletzte. Nicht jeder hat Glück.

Greta, eben noch voller Mitgefühl, schwieg.

Ich sah, wie sich der Schatten über sie senkte, wie schwer ihr das, was ich mehr angedeutet als gesagt hatte, zu schaffen machte, aber ich dachte darüber nicht nach. Ich hatte einfach Lust, nicht damit aufzuhören. Ich redete mir etwas von der Seele. Ich hätte es auch dem Schreihals, dem ich Gretas Bekanntschaft verdankte, sagen können. Ich hätte es genug anderen, die ich kannte, sagen können, den Maoisten, Leninisten, Spartakisten, dem ganzen Haufen. Hier, schaut her! Schaut euch den Mann hier im Rollstuhl an. Nehmt nur mal kurz eure Sonnenbrillen ab. Was seht ihr? Erkennt ihr eure Ideen wieder?

Der Mensch, ersetzt durch eine Idee. Aber es war nur Greta da, die mir gegenübersaß und mit der Gabel ihr Filet Mignon auf dem Teller hin und her schob. Du stellst einem dieser Menschen eine Frage – und es antwortet dir eine Idee. Du kannst es dir aussuchen. Die Idee der Zukunft, die Idee der höheren Vernunft, die Idee der gerechten Sache. Und auch die Bombe ist eine Idee, der schicke Molotowcocktail, der selbstgebastelte Brandsatz. Sie werfen nur so um sich mit Ideen. Es ist dieses Muster im Gewebe der Geschichte, das ihn, den Mann im Rollstuhl, unsichtbar macht. Ich gab es dann auf. Ich wollte nicht selbst auch noch zum Schreihals werden. Immerhin, sagte ich, er hat seine Arme noch, er kann kochen.

Greta sprach den ganzen Abend kaum noch etwas, schob das Glas mit dem Wein zur Seite, ließ die flambierten Himbeeren mit Vanilleeis, die wir als Dessert bestellt hatten, stehen und hatte es eilig, die Rechnung zu begleichen. Noch in der gleichen Nacht nahm sie den Zug. Wohin, wußte sie vielleicht selbst nicht.

Ich war in eine Frau verliebt, die nichts, was ein Kind anstrengend und unberechenbar macht, hinter sich gelassen hatte, eine Frau, die, wenn schon ein Kind, natürlich ein Junge hätte sein wollen und sich auch am liebsten wie einer benahm. Was immer passiert, hatte sie einmal gesagt, nicht böse sein, hatte meine Wohnung verlassen und war, Stunden später, mit einem Jungen zurückgekommen. Ganz sicher hatte Greta ihn nicht darüber informiert, daß sie dort, wo sie ihn hinschleppte, zwar ungestört, aber nicht allein sein würden. Die Situation machte ihm zu schaffen, und Greta spürte es. Hätte sie ihn nicht irgendwie an mir vorbei in das zweite Zimmer bugsiert, er wäre am liebsten aus der Wohnung gestürmt. Dem Blick, der, als das Manöver geschafft war, mir galt, entnahm ich, daß sie an meiner Zustimmung zu ihrem Stelldichein ohnehin nicht gezweifelt hatte.

War es das, was meine Freunde meinten, als sie sagten, ich sei verrückt? Aber ich verstand das alles, ich verstand die Tat, das Risiko, die Rücksichtslosigkeit. Das alles gefiel mir. Sie ist verrückt, sagte ich mir, ja, und war voller Bewunderung, und gleichzeitig verlegen. Sie dagegen schämte sich niemals nicht, wenn es vorbei war, und nicht vorher, als sie sich, den Jungen bei sich, noch einmal nach mir umdrehte und mir nachschaute, wie ich in mein Zimmer ging.

Daß sie, wie ich hörte, die Tür hinter sich schloß, war wahrscheinlich nicht einmal ihre Idee.

Noch wahrscheinlicher war, daß sie sich dabei am meisten selbst gehasst hat. Wenn sie schon nicht ihre Eltern töten konnte, mußte sie wenigstens die töten, die ihre Eltern aus ihr hatten machen wollen, das in ihren Kreisen Übliche: die Absolventin einer Klosterschule, später eines Gymnasiums für die Elite, eine geistig und moralisch also bestens ausgebildete hübsche junge Dame. Und was hatten sie bekommen? Als in Bologna eine Bombe hochging, jubelte sie. Als in Turin die Arbeiter streikten, wollte sie eine Arbeiterin in Turin werden. Sie kaufte sich einen roten Stern zum Anstecken, den Stern der Internationale, und befestigte ihn an den Hemden, die sie ihrem um zwei Jahre älteren Bruder aus dessen Schrank entwendet hatte – sollten alle sehen, was sie dachte, sollten alle, die es sahen, sie auslachen! –, und eine Karte von Kuba, die von nun an ihr Zimmer schmückte. Statt ins

Kino ging sie zum Spanischunterricht. Sie las keine Romane mehr. Sie strich ihre Geburtstage aus dem Kalender und ignorierte es, wenn ihre Eltern ihr trotzdem Geschenke machten, Kleinigkeiten, wie sie sagten, die aber, wie jeder sehen konnte, ein Vermögen wert waren wie das von einem Juwelier gefertigte kleine Kreuz an einer Kette. Ihrem Beichtvater, einem Kardinal, der ein Freund der Familie und ein vernünftiger (und, wie man sich erzählte, trinkfester) Mann war, erklärte sie, daß Kirchen für nur einen Gott zu schade seien; an den einen, vor allem an seine wechselnden Stellvertreter auf Erden, glaube sie ohnehin nicht mehr.

Dem Kardinal genügte eine schlampige Geste, das junge Fräulein zu segnen. Er war ein kluger, gütiger Mann, der wußte, was für ein unsicherer Ort die Erde war, ein Ort der Mühsal und der allmächtigen Lüge.

Sie hatte ihren Eltern nichts erspart. Sie benahm sich noch rücksichtsloser, als sie es selbst für vernünftig hielt. Sie benahm sich immer noch so. Es roch, wo immer sie auftauchte, nach Pulverdampf – und immer hing der beißende Geruch ihrer Streitlust, ihrer Launenhaftigkeit und Unzufriedenheit in der Luft. Aber Greta war zu diesem Zeitpunkt wohl schon zu krank, um sie über die Gefahren ihrer Krankheit belehren zu wollen. Ich blieb, gerade deshalb vielleicht und aus vielen anderen Gründen noch, und das bis in alle Ewigkeit, verliebt in sie.

Und danke!

Danke, wofür?

Daß ich trotzdem glücklich sein darf.

Warum hatte sie es getan, das mit dem Jungen? Was war das, eine Mutprobe? Hat sie es getan, um mich zu testen, meine Härte, meine Belastbarkeit, meine Nehmerqualitäten? Darf ich bitten? War es das, was sie unter einer Revolution verstand, unter revolutionärem Elan, wie Günter es genannt hätte? Oder einfach nur das, was Mädchen eben machen, die in Klosterschulen erzogen wurden?

Sie blutete, aber sie schrie nicht. Sie schien zuerst nur verblüfft über das offenkundige Mißverständnis im Dialog zwischen ihr und dem Löwen. Ratlos wandte sie den Blick wieder zu mir. Ihr gefiel nicht, daß der Löwe ein Idiot war.

Komm, sagte ich, gehen wir. Ich unterdrückte den Gedanken, daß Greta sich eine Blutvergiftung eingefangen haben und, sollte ich unseren Pakt nicht aufkündigen, daran sterben konnte. Ich hätte sie zu einem Arzt, am besten gleich in die Notaufnahme einer Klinik fahren müssen.

Der rechte Unterarm, der den Hieb der Pranke abbekommen hatte, war aufgerissen, eine Fleischwunde bis auf den Knochen. Sie konnte aber sowohl die Hand als auch die Finger bewegen. Ihr war nur, wie sie sagte, schwindlig.

Ich kaufte auf dem Heimweg beim Apotheker nicht ein Antibiotikum, sondern Mullbinden, mit denen ich den Arm zu Hause notdürftig verband. Ich wollte nicht die Wunde, sondern die Wahrheit vor Augen haben. Und die klang nüchtern. Lokale Entzündung, damit begann es. Erreger durchschwammen ihr Blut und sorgten für wechselhaft auftretendes Fieber. Am nächsten Tag Benommenheit und Kopfschmerzen. Am gleichen Tag Erbrechen. Am letzten Tag Halluzinationen. Sie hörte auf, mich zu erkennen. Trank literweise Wasser. Nutzte die Augenblicke der Klarheit nur, um mir, der sie hielt, in die Augen zu schauen. Verzeih, sagte sie, aber ich mach das zum ersten Mal.

Je mehr sie starb, um so stärker wurde sie. Endlich gab es keinen Zweifel mehr an ihrer Zukunft. Sie war mehr denn je überzeugt vom glücklichen Ausgang unserer Liebesgeschichte. Jede Geste war jetzt endgültig. Es gab kein Tauschgeschäft mehr. Das Fieber, sogar die Schmerzen des Wundbrandes am Arm, paßten zur Grundstimmung ihres Triumphs.

Ich verfolgte die Stunden ihres Sterbens ohne Furcht, vom Furchtbaren, was geschah, fasziniert. Die durch die fortschreitende und ungehindert sie zerstörende Vergiftung aller inneren Organe verursachte Verlangsamung ihrer Wahrnehmung entsprach nicht nur dem Zeitmaß ihres Gefühls, sondern auch der Intensität, nach der sie sich immerzu gesehnt hatte. Endlich war alles eins: Grausamkeit und Zärtlichkeit, Wahn und Wahrheit, Liebe und Tod.

Es war ein kalter Winter gewesen, ein Winter ohne Freude, ohne jemand, der ihn hätte aufmuntern können. Wer es versuchte, bekam eine Abfuhr. Chuck ließ niemand an sich ran, vor allem niemand, der darauf aus war, seine Seele zu retten – oder, was vielleicht immer schon dasselbe war, seine Gesundheit.

Er schlief lange, kam selbst Stunden, nachdem er aufgewacht war, kaum aus dem Bett, las wahllos alles, was in Reichweite herumlag, schlief wieder ein. Er arbeitete kaum noch, ließ Briefe liegen, reagierte nicht mehr auf Anrufe, löste nicht einmal die Schecks ein, die überfällig waren. Er ging dann, wenn es Zeit und längst wieder Nacht war, aus dem Haus, in immer die gleiche Bar, seine Bar, die Bar eines Freundes. Er gehörte zur Familie, saß an wechselnden Tischen, redete, trank und rauchte, und ließ sich dann, betrunken und noch immer nicht müde genug, um schlafen zu können, in ein Bordell fahren, wo er blieb, bis das Kokain, das er bei sich hatte, alle war.

Eben war er noch durch die Nacht und den Schnee gestapft und jetzt, in einem überheizten Zimmer, fror er. Da an Schlaf nicht zu denken war, nicht einmal nach Einnahme von Schlaftabletten, ließ er Wasser in die Badewanne laufen, in der Hoffnung, seinen Kreislauf zur Ruhe zu bringen. Er verlor immer wieder das Gleichgewicht, mußte sich abstützen, fing sich wieder und legte sich hin, wie Jamal es tat, wenn er meditierte: flach auf den Boden. Er lag nicht da wie jemand, der aussieht, als käme er schnell wieder auf die Beine. So liegen Ertrunkene da, Leute, die verbluten, Menschen, die keiner mehr anfassen will. Er hatte die Nummer der Rettung und überlegte kurz.

Irgend jemand mußte den Stoff mit Speed verschnitten haben. Es war besser, er hielt nur den Kopf unter den Duschkopf. In der Wanne war er schon einmal ohnmächtig geworden und wäre ertrunken, wenn ihn nicht eine Prostituierte, die er morgens mit nach Hause genommen hatte, noch rechtzeitig entdeckt und gerettet hätte – was sie extra berechnete. Er atmete, während er, Arme und Beine weit von sich gestreckt, auf dem Boden lag, wie jemand, der sich anstrengt, seine Atmung in Gang zu halten und sich nicht zu verschlucken. Großer Gott, dachte er, wird das niemals aufhören?

Wie elend er sich jedesmal fühlte, wenn er – im Koma seines Wachzustands – die ersten Straßenbahnen fahren hörte, wenn im Haus die Türen auf- und zugingen – und die Leute zur Arbeit. Eine Stunde Schlaf. Er würde sich die Zähne ziehen lassen, für jede Stunde Schlaf einen. Dann, er hatte sie schon vergessen, begannen die Tabletten doch noch zu wirken. Vorsichtshalber ließ er die Augen trotzdem offen.

In diesem Zustand war Chuck jedesmal fest entschlossen, mit den Drogen Schluß zu machen! Er betete, es zu schaffen, und wiederholte die Gebete bis zur Besinnungslosigkeit. Und wenn es die letzte Nachricht sein würde, die er der Welt hinterließ, und wenn niemand sie überlieferte: er würde den Weg zurück finden. In ein paar Stunden, falls er dann halbwegs wieder zurechnungsfähig und bei Kräften sein sollte, würde er handeln, München verlassen, sich Richtung Süden auf den Weg machen, in die Berge gehen und weiter, zum Meer hinunter und weiter, immer weiter, wie auch immer weiter – eine Pilgerreise zurück in die Welt eines Körpers, der kaum mehr der eigene war, den er, wie schon so viele Nächte zuvor, um Verzeihung bat, aber, wie jeder Süchtige, der sich nichts vormacht, auch um noch ein wenig Geduld. Kokain macht aus jedem schlechten Gefühl ein gutes Gefühl, das ist die Lüge. Man mußte den Tag durchstehen. Lügen war nachts leichter. Und nachts tauchte, und zwar jede Nacht, Dante auf, der ihn mit Stoff versorgte, dem besten Kokain weit und breit.

Nur daß er dann eines Tages nicht mehr auftauchte, nie mehr. Er hatte sich in Amsterdam umgebracht.

Chuck hatte Erich »Dante« Gilger gemocht. Und Dante hatte Chuck gemocht, den sehr viel älteren von beiden, und es ihn auch gleich so unmißverständlich wie möglich wissen lassen. Von jedem Mädchen in meinem Bett gehört die Hälfte dir, hatte er gesagt; es war ihre zweite Nacht, die sie zusammen auf Koks gewesen waren. Und Dante war kein Schwätzer. Er war, außergewöhnlich für einen mit seinem Lebenswandel, ein durch und durch anständiger Kerl, zuverlässig, mit einem festen Händedruck. Er sah zwar, seit er das Dorf in Niederbayern, in dem er aufgewachsen war, verlassen hatte und in der Stadt lebte, mit seinen ungewaschenen schulterlangen Haaren immer irgendwie verwahrlost, übernächtigt und mitgenommen aus, eine magere, knochige Gestalt, aber er hatte Stil. Es hatte, wie er sich bewegte, Stil. Er tat der Erde, auf die er seinen Fuß setzte, nicht weh. Er nannte sich Dante, weil er immer ein Buch dieses Dichters bei sich hatte – und auch eine Beatrice finden wollte.

Die, eine Jugendliebe, stand eines Tages bei Chuck vor der Tür, ein nichtssagendes blasses Ding mit einem Pferdeschwanz, ein Mädchen aus seinem Dorf, das verständlicherweise Schwierigkeiten hatte mit dem, was sie miterlebt hatte, fertig zu werden. Von ihr erfuhr er nach und nach dann Einzelheiten. Er habe einen Deal durchziehen wollen, eine große Sache, die ihn hätte reich machen sollen. Er habe zwar Andeutungen gemacht, richtig geredet habe er mit ihr aber nicht darüber. Nur über seine Zukunft, seine Zukunft mit ihr, das Leben, das sie führen würden, wenn er genug Geld gemacht hätte! Er habe ins Musikgeschäft einsteigen wollen, Rockbands entdecken und fördern wollen, Konzerte veranstalten und Schallplatten produzieren und, er habe es ihr versprochen, mit den Drogen Schluß machen wollen. Er habe Berge davon gehabt, im Schrank, unterm Bett, in den Matratzen, überall. Sein Hotelzimmer, eine Absteige, die allein schon zu betreten an Selbstmord grenze, habe wie eine Hexenküche ausgesehen. Er habe, sagte sie, gedrückt, sie habe die Einstichspuren am Arm gesehen, an beiden Armen, aber er wollte damit aufhören. Ich hab es, weil ich ihn gern gehabt habe, geglaubt. Sie schwieg eine Weile. Sie schien über das Gefühl nachzudenken, was es wirklich war, was sie an dem Jungen gemocht hatte, und vielleicht dachte sie daran, was ihr die Erinnerung an ihn noch bedeuten würde, wenn es andere gab, die ihr gefielen, wenn es nach der ersten Liebe noch eine gab, die nächste. Aber vielleicht waren das Gedanken, die nur Chuck durch den Kopf gingen, während er sie anschaute. Er habe, fuhr sie fort, kaum noch geschlafen, sei sehr nervös gewesen und, ganz gegen seine Art, zuletzt immer schweigsamer. Aber von Ihnen hat er gesprochen, sagte sie, und hat mir Ihre Adresse aufgeschrieben. Sie seien Schriftsteller, habe er gesagt, einer, der Bücher schreibt. Er habe ja auch gelesen, viel gelesen. Ja, sagte Chuck, das hat er, sehr viel, wenn auch im wesentlichen immer das gleiche Buch! Sie nannte ihn, wenn sie von ihm sprach, bei seinem Taufnamen. Er war für sie nicht Dante, sondern Erich. Und sie hieß Agnes. Aber so genannt habe er sie nie, sondern – sie zögerte, wurde rot, es war ihr offenbar peinlich – Tiemi. Sie brachte es kaum über die Lippen. Das sei, sagte sie, der eigentliche Grund, weshalb sie gekommen sei, ihn um eine Auskunft zu bitten, ihm eine Frage stellen zu dürfen. Bitte, gern, sagte Chuck. Der Name, Tiemi, es muß irgend etwas bedeuten, sagte sie, aber ich weiß es nicht, ich weiß nicht, was. Du hast ihn nie gefragt? Doch, hab ich. Und? Er hat gelacht, aber gesagt hat er es nicht. Er meinte, daß ich Sie das fragen solle. Entschuldigen Sie! Tiemmi, erklärte ihr Chuck, sei italienisch und hieße übersetzt: Halt mich! Tiemmi, tiemmi, wie es bei Dante heißt.[3] Halt mich, halt mich! Greta hatte es gesagt, als das Fieber stieg und sie am Ende kaum noch bei Verstand gewesen war; es war eines ihrer letzten Worte gewesen, aber das behielt er für sich. Er sah, wie ihr, jetzt, wo sie es wußte, noch elender zumute war, und sie tat ihm leid; aber nicht so leid, daß er auf den Schluß der Geschichte, das Finale in Amsterdam, hätte verzichten wollen. Sie bat um ein Glas Wasser und erzählte dann, was sie wußte, zu Ende. Am Morgen des Tages, an dem er sich umgebracht habe, sei er noch mit ihr in einen Coffeeshop gegangen, habe eine Cola und drei Kugeln Schokoladeneis und ein rohes Ei bestellt, alles zu einem Brei verrührt und ausgelöffelt. Es wird gefährlich, habe er gesagt, das beste sei, ich würde verschwinden. Aber sie sei geblieben. Dann, auf dem Heimweg ins Hotel, habe er sich in einem Geschäft einen Bohrer gekauft. Ich dachte, sagte sie, er kauft sich, wenn schon, eine Pistole, aber es war ein Bohrer. Und mit dem habe er sich dann … ein Loch in die Schädeldecke gebohrt.

Ob sie, als er gebohrt habe, dabeigewesen sei, war alles, was Chuck noch wissen wollte.

Er hat mich Zigaretten holen geschickt und dabei hab ich mich dann auch noch verlaufen. Plötzlich sahen alle Häuser gleich aus.

3 Dante: *Divina Commedia*, Purgatorio Canto XXXI

Es gab nichts mehr, was Chuck für das früh verwitwete Dorfmädchen mit seinen frommen Augen tun konnte – außer daß er die Schlüsse, die er aus dem Gehörten zog, für sich behielt. Er glaubte die ganze Geschichte mit dem großen Deal nur insofern, als Dante sie aus Rücksicht erfunden haben muß, weil er seinem Mädchen einerseits eine Zukunft mit ihm vortäuschen, sie aber erst einmal loswerden wollte. Was er vorhatte, würde sie nicht begreifen – und dort, wo er hin wollte, konnte er sie nicht mitnehmen. Sein Name für sie bedeutete nichts mehr. Niemand hätte ihn noch halten, niemand aufhalten können. Er wollte, wovon Chuck überzeugt war, auch nicht sterben, im Gegenteil. Er wollte aus der Gegenwart in die Zukunft springen, wollte durch das Loch im Kopf nach oben entschweben, dem Bleigewicht seiner Sucht entkommen und eingehen in das, was Gläubige meinen, wenn sie vom himmlischen Frieden reden. Man sagt das so, den Geist aufgeben, aber wer weiß, vielleicht hat der Geist im Gegenteil nur den Körper aufgegeben. Der Heilige mit den zwei Körpern! Einer bleibt auf der Strecke, das Unreine, Knochen, Muskeln, Gewebe, Haare, der andere, erlöst, betritt die Himmelsleiter. Der Kopf ist eine Tür, die er aufstoßen wollte. Er war der Gefangene, einer in der Einzelhaft eines suchtkranken Körpers, der ein Loch in eine Wand bohrt, der mit etwas Kontakt sucht, das nicht zu sehen ist. Er wollte eine Stimme hören. Ihm lag nichts an Geld, er wollte nicht reich werden.

Von jedem Mädchen in meinem Bett gehört die Hälfte dir! Danke, Dante. Das nächste Mal.

Es gab eine Zeit, als Gift ihn gereinigt hatte. Jetzt war es nur noch giftig.

Wenn er sich – es war Ende Dezember und Zeit dafür – etwas für das kommende nächste Jahr vorgenommen hatte, dann das: seine tägliche Zufuhr an Drogen zu reduzieren und jedem, der ihm das Zeug andrehen wollte, so gut es ging aus dem Weg zu gehen. Er mußte nur, bis es Frühling wurde, durchhalten. Er brauchte den Frühling, wie die Natur ihn braucht. Er brauchte seine Kraft. Und er brauchte sie sofort.

Er war auf dem Weg zur Toilette an dem Tisch, an dem sie mit einem anderen Mädchen saß, vorbeigegangen und stehengeblieben. Gott sei Dank war er stehengeblieben, denn Chuck hatte gerade etwas von dem Pulver, von dem er die Hände lassen wollte, zugesteckt bekommen und war dabei, sich zu bedienen. Wer immer sie ist, dachte Chuck, sie hat, wenn auch ohne es zu ahnen, eine erste gute Tat vollbracht! War es deshalb nicht vernünftig, das Kokain erst einmal zu vergessen und gleich eine nächste gute Tat von ihr einzufordern?

Er dachte, noch während er nur vor ihr stand und sie ohne jedes erotische Interesse anschaute (wenn schon, hätte Chuck ihre Freundin, ein dunkelhäutiges Mädchen, mehr interessiert!), über nichts anderes als seinen Plan nach, seine Abhängigkeit von gefährlichen Gewohnheiten einzutauschen gegen den vergleichsweise harmlosen Zeitvertreib, sich mit diesem jungen Mädchen auf die Reise seiner Entwöhnung zu begeben, einem Wesen, zu jung, um mit jener Welt, der Chuck entkommen mußte, schon in Kontakt gekommen zu sein. Was er sich wünschte, war ein gute Fee! Was er brauchte, war die Kraft ihrer Reinheit. Und so träumte Chuck bereits davon, ihre Haut zu liebkosen, das Aufflirren von Sonnenschein auf ihrer Haut! Er würde sie in nichts, was er mit sich (und mit ihr) vorhatte, einweihen.

Es war spät, und Chuck hatte getrunken. Und der Alkohol hatte das Mädchen in eine Fee verwandelt, was Chuck gefiel. Alles, was er sah, zerfiel – und fügte sich zu einem neuen, anderen Bild zusammen. Er überlegte nicht, ob es recht war oder unrecht, was er vorhatte. Er dachte auch nicht daran, daß genau das, was dieses Mädchen für ihn nützlich machen würde, das war, was sie trennte – und machte sich auch die Konsequenzen dessen nicht klar. Er wollte nur einfach, das war das Programm, mit der guten Hilfe seiner Fee wieder atmen lernen, seine Geschmacksnerven wieder trainieren, seinen Tastsinn, seinen Geruchssinn und seine Potenz. Liebe störte da nur. Für das, was er trainieren wollte, war Sex gut genug. Hier saß das Geschenk einer Gelegenheit, das Glück seiner Genesung.

Er bat um eine Verabredung. Sie willigte verwundert ein.

Mit diesem Trumpf in der Tasche ging Chuck daran, seinen Entzug bis in die Einzelheiten hinein zu planen, was er noch in der gleichen Nacht – unter Einfluß von Kokain – erledigte. Er notierte es wie ein Buchhalter, den Schlachtplan, die Kampfansage, die Gebote seines Handelns. Kokain? Nichts mehr, nie mehr! Gott möge ihm verzeihen, daß er die Angewohnheit, nichts verkommen zu lassen, noch nicht ganz abgelegt hatte und, während er *Nichts mehr, nie mehr!* schrieb, die Reste des Pulvers schnupfte, die letzten weißen Spuren. Er ging die wichtigsten Punkte, die es ab jetzt zu beachten galt, durch. Keine Besuche mehr in seinem Wohnzimmer, der Bar. Den Satz »Ich hab damit aufgehört« auswendig lernen und daran glauben! Unter seinen Freunden (denen, die noch lebten) war gut ein halbes Dutzend strikt zu meiden, weil sie süchtig waren. Zwei schätzte er als besonders gefährliche Verführer ein, weil er mit ihnen viele Nächte hindurch gute anregende Gespräche geführt, sich wach und wohl und nah allen Wahrheiten gefühlt hatte; Stunden, die er vermissen würde. Er strich ihre Namen in seinem Telefonbuch ebenso aus wie den seines Lieblingsitalieners. Keine Spaghetti vongole mehr, die besten, die es gab, weil der Kellner, der sie ihm servierte, seit Dantes Tod sein Hauptlieferant geworden war. Überhaupt keine Lokalität mehr betreten, deren Toiletten er aufgesucht hatte, um nachzulegen. Am besten überhaupt nicht mehr aus dem Haus gehen, nicht nachts, nicht allein jedenfalls, nie allein. Mit dem Mädchen im Bett bleiben, darauf lief es hinaus. Kaum vorstellbar, daß sie sich dagegen sträuben wird. Er würde die körperliche Liebe neu lernen, die schöne Einfachheit dieser Liebe, auch wenn Chuck weniger an Liebe als an der Renovierung seiner Zellen lag, am Ausschwitzen seiner Sucht. Er würde jeden Tag, den er ohne rückfällig zu werden überstand, zum glücklichsten seines Lebens erklären. Um die Erinnerungen, die ihn heimsuchen könnten, abzutöten, würde Chuck das Mädchen in sein Auto packen. Mit seinem alten amerikanischen Schlitten würden sie es zumindest noch bis nach Österreich schaffen, nach Tirol und in die Steiermark,

Spaziergänge machen, Enten füttern, sich in einem Gasthof den Bauch vollschlagen und ein Bier trinken, um dann in Betten zu sinken, die – wie alles hier – aus Särgen geschnitzt schienen, und nachts knarrten und knackten. Es war unheimlich, wie unbeholfen er sich fühlte, wie leer alles in ihm war, wie still die Dunkelheit da draußen. Durch das Fenster, das (absichtsvoll) offenstand, drang kühle Nachtluft herein, aber das Unwetter hatte sich verzogen und auch der Regen hatte aufgehört. Absichtsvoll, ja, denn Chuck war extra noch einmal aufgestanden, um die Fensterläden zu verhaken, und hatte dann noch einige Minuten lang einfach dagestanden, in die Nacht hinaus geschaut, auf die über den Nebel ragenden Tannenspitzen und die vom Mondlicht beschienenen Bergriesen in der Ferne, und gut hörbar ein- und ausgeatmet. Er spürte, wie sich sein Körper spannte und sein Sicherheitsgefühl zurückkehrte. Egal, sagte er sich, ich muß es tun, auch wenn sich das arme Ding erkältet, ich muß mich auskühlen. Vor allem muß ich Mißverständnissen vorbeugen, allen Wünschen, die zu solchen führen konnten, die Wärme abdrehen. Nicht daß sie annahm, er habe sie in ein Liebesnest entführt. Auch wenn es nicht gerade das Bühnenbild war, in dem einer wie Chuck gern Regie geführt hätte, das Stück lief; die Tür eines Schrankes knarrte, ein Käuzchen schrie, nur mit dem Dialog haperte es.

Chuck konnte noch aus einem anderen Grund nicht einschlafen. Er befürchtete, daß dieses Mädchen, das da im gleichen Zimmer in seinem Bett lag, ihm gleich die Frage stellen würde, was das alles eigentlich mit ihr zu tun hatte, während ihre Gedanken um die Frage kreisten, ob es Anzeichen gab, daß er sich in sie verlieben würde. Was zum Teufel konnte ein Typ wie er an Wanderungen finden, wenn er sie doch nur wie Dienststunden absolvierte, mürrisch, schweigsam, eine Zigarette nach der anderen rauchend? Warum war er mit ihr nicht richtig nach Süden gefahren, nach Florenz oder Marseille?

Sie waren dann tatsächlich irgendwann zusammen losgefahren und Chuck steuerte den Wagen gerade durch eine erbarmungslos idyllische Landschaft im Salzkammergut, als sie wissen wollte, ob er schon mal in New York gewesen sei.

Zuerst reagierte Chuck nicht. Dort hatte er ein halbes Jahr mit High Noon Anna, einer schwer heroinsüchtigen Musikerin, zusammengelebt und erst richtig mit den Drogen angefangen – was genau das war, an was er nicht erinnert werden wollte.

Chucks Antwort »Ich hab damit aufgehört« war mehr zu sich gesprochen, und viel mehr sagte er auch nicht. Er verweigerte jede Auskunft, überhaupt jedes Gespräch über Städte, die er in der Vergangenheit geliebt hatte und die ihm jetzt, wo er sein altes Leben hinter sich lassen wollte, einfach nur Angst einjagten. Außerdem war er, seit er auf Entzug war, nur noch müde. Eine Müdigkeit, wie er sie nie zuvor empfunden hatte! Und er wußte, daß er sich dieser Müdigkeit beugen, sich ihr hingeben, sich in ihr auflösen und neu zusammensetzen mußte. Er durfte diese Müdigkeit nicht mehr, wie er es gewohnt war, mit Mittelchen, synthetischen wie natürlichen, bekämpfen; er mußte sich, was immer das Ergebnis dieser Kur sein würde, ergeben, die Erschlaffung akzeptieren, sich ausruhen, vor allem die noch immer schwelende Unruhe in seinem geschwächten Körper in Ruhe lassen. Und auch das mußte er wieder lernen: sich zu langweilen. Vielleicht halfen da ja diese putzigen kleinen Dörfer mit ihren irgendwie kostümierten Menschen, den tonnenschweren Geranientöpfen unter jedem Fenster, ihren beflaggten Marktplätzen und Andenkenbuden, durch die sie fuhren, Kleinstädte der Provinz, die ihn nie interessiert hatten, nach deren Sicherheit er jetzt aber verlangte. Vielleicht half es, daß es wie eine Strafe war, was er sich da verordnete; eine harte Strafe, wenn ihn die Sehnsucht nach anderen Nächten, denen in großen Städten, überfiel.

Mit New York bin ich durch, erklärte er. Ich hab damit aufgehört!

Die Versuchung, heiraten zu wollen, hatte es für Chuck nie gegeben, und das schon so viele gute solide Chuck-Jahre lang, wie es zurücklag, daß jeder Junge mit dem Mädchen, dem erstbesten, das ihm mehr gestattete als einen flüchtigen kleinen ungeschickten Kuß, nach Schottland durchbrennen wollte, nach Gretna Green, wie der Ort hieß, um es dort, wo sich niemand für Alter, Herkunft oder irgendwelche Papiere interessierte, zu heiraten; und einige taten es tatsächlich, die sich darauf auch noch mächtig etwas einbildeten, gerade so, als hätten sie den Beweis erbracht, das romantische Ideal eines kühnen und starken Liebhabers mit Leben erfüllt zu haben. Eine gesetzlich natürlich ganz und gar ungültige Angelegenheit, und eine Kinderei dazu, auf die Chuck, wann immer er davon erfuhr, mit einer für sein Alter völlig unangemessenen Geringschätzung reagierte. Er geriet richtiggehend außer sich vor Verärgerung. Es war ihm diese

Art, das Glück als Ehepaar herausfordern zu wollen, schon damals einfach nie verlockend genug erschienen. Auch die Geburt eines Kindes würde daran nichts ändern. Er würde, was sonst, weiterleben wie immer, nicht glücklich, aber auch nicht bereit, mit einem, der es war, tauschen zu wollen, zufrieden oder unzufrieden, was ganz auf die Tagesform ankam. Um am Schreibtisch auf Touren zu kommen, war Unzufriedenheit, soviel stand fest, das bessere Benzin. In jedem Fall aber wäre er, das war Chuck klar, unfähig, sich an einen anderen Rhythmus als den eines Junggesellen gewöhnen zu können. Er war durch damit. Nicht jede Schwangerschaft auf Erden ist eine gute Idee.

Er würde zwar auf alles, was jetzt auf ihn zukommen mochte und für ihn neu und ungewohnt und vor Gott, dem Gesetz und dem Finanzamt unwiderruflich eine Tatsache war, neugierig sein – er hatte regelrecht Lampenfieber vor Neugier, war nervös und wurde, wenn er schlafen wollte, von ruhelosen extremen Empfindungen wach gehalten –, aber erst einmal hatte er mehr als mit der schwierigen Wahrheit, sich fortgepflanzt zu haben, mit den Besitzansprüchen einer jungen Mutter zu kämpfen, die ihre eigenen Ansichten hatte, was von Chucks Entscheidung zu halten war, keine Familie gründen zu wollen.

Es fiel ihm erst auf, als ihn eine alte Freundin, mit der er durch die Stadt schlenderte, darauf aufmerksam machte: daß er sein Tempo verlangsamte und manchmal sogar ganz stehenblieb, nur um ein kleines Kind bei seinem Versuch, sich an seine neuen kleinen Beinchen zu gewöhnen, zu beobachten. Sie hatte recht. Er hatte sich für diese niedlichen und immer allzusehr herausgeputzten Winzlinge nie interessiert. Aber jetzt gefiel es ihm. Es machte ihm Vergnügen, zu sehen, wie ein winziges kleines Händchen, unsicher und angstvoll, nach einem Halt an der Hand eines großen Menschen suchte. Es machte ihm die großen Menschen nicht sympathischer, aber es rührte ihn, was er sah.

Sie machte ihn später, als sein Sohn acht oder neun war, auch noch auf etwas anderes aufmerksam. Sie fuhren ins Grüne, zu dritt, eine kleine Spritztour. Chuck am Steuer, sein Sohn hinten, mit unterschiedlicher Begeisterung bei der Sache. Sie sagte es ihm, als der Kleine mal pinkeln mußte. Warum kannst du ihn nicht einfach in Ruhe lassen? Fällt dir nicht auf, daß du ihm andauernd alles erklären willst? Daß rechts jetzt gleich ein Gehege mit Rotwild zu sehen sein wird, daß links ein berühmter Dichter gewohnt hat, daß das da vorne die Zugspitze ist? Er hat doch selbst Augen im Kopf, und wer weiß, was er sieht und wie viel mehr er sieht als wir? Ich darf dir das doch sagen, oder?

Sie durfte, Chuck war dankbar.

Und noch etwas, mein Lieber, nur zu deiner Erinnerung. Keiner redet – und schreibt – so viel über Frauen wie du, und tut es so gern und so ausführlich und mit so entschiedenen und, wie du selbst weißt, nicht immer ganz nachvollziehbaren Ansichten. Aber er kennt diese Welt nicht, die Frauen nicht und noch weniger deine Bücher, er weiß nichts davon. Mach ihn nicht mit all deinem Gerede blind. Früher wurden Buben von Kindermädchen verführt, was wenigstens Sinn machte. Aber es macht keinen, ihn über Kondome aufklären oder, noch schlimmer, ihm etwas über das Temperament zum Beispiel einer Italienerin erklären zu wollen. Ich mag deinen Jungen, und ich mag dich. Aber ich mag Männer mit schlechtem Gewissen nicht.

Seine alte Freundin könnte man am besten so charakterisieren: einmal durch eine Drehtür, und jeder Portier ist in sie verliebt. Eine selbstsicher in sich ruhende, nicht mehr junge Frau, aber um einige Jahre jünger als Chuck. Sie hatten nie ein Verhältnis gehabt, wenn auch die besten Voraussetzungen dafür. Mehr als ein sentimentales Bedauern über eine schöne Unmöglichkeit war nicht drin. Aber immerhin das, eine Vertrautheit, die es ihnen ermöglichte, sich nicht auf die Nerven zu fallen. Mann und Frau als beste Freundinnen! Und es war immer sie, der er, was er geschrieben hatte, zuerst zur Begutachtung übergab. Am Ende war Chuck mehr begeistert von der Qualität ihrer Einwände als von einem Lob.

Chuck rief sie spätabends noch einmal an. Es ließ ihm, was sie gesagt hatte, keine Ruhe. Aber sie lachte nur. Ich war gemein, ich weiß. Du machst das alles nämlich ziemlich gut. Du kriegst das hin. Was beweist, daß selbst Einzelgänger zu knacken sind.

Ich weiß deinen Humor zu schätzen, sagte Chuck, und natürlich deine Ratschläge. Er sah es ja selbst ein. Die freche Unbekümmertheit seiner Urteile, seine wenig schmeichelhaften Kommentare, was Frauen betraf – war das nötig? Wie viel klüger wäre es, er brächte einfach mal einen Satz wie »Ach, diese Sommerwiese da, die würde Mama gefallen« über die Lippen.

Ihr jedenfalls war, wie sie sagte, nicht wohl dabei. Und sie bezweifelte, daß Chucks Sohn wohl dabei war.

Es war auch Chuck alles andere als wohl dabei, weshalb

er ja noch einmal zum Hörer gegriffen hatte. Es wurde ein langes Gespräch, das vor allem er selbst bestritt. Er sprach über die Unordnung eines neuen Lebens, auf die er nicht vorbereitet war, und die Unzufriedenheit mit sich, den Zweifeln an seiner Begabung, ein Kind auf die Wahrheiten des Lebens vorzubereiten. Früher konnte ich nicht schlafen aus Angst, Vater zu werden, heute fahre ich nachts hoch mit der Angst, mich selbst zu enttäuschen. Welche Mühe es einen gekostet hat, selbst ein halbwegs eigenes Geschöpf zu werden – und dann ist da plötzlich noch eines, ein zweites, eines aus eigener Produktion auch noch; was erst einmal nicht leicht zu verdauen ist. Wie viel Unvollkommenheit verträgt, was gut gelingen soll?

Chuck hatte sich irgendwann leer geredet und war am Ende nicht mehr sicher, ob er nicht alles verwechselte, Gedanken mit Gefühlen, eine Mutter mit einem Vater.

Hört sich gut an. Noch eine Komödie der Verwechslungen.

Ich bin wohl einfach nicht das, was man einen geborenen, einen authentischen Vater nennen könnte.

Zu deinem und seinem Glück. Und wenn du jetzt hier wärst, würde ich mit dir darauf anstoßen. Hör einfach auf, deiner Freude, ein Kind zu haben, zu mißtrauen. Dich deprimiert, daß du dich fortgepflanzt hast. Weil es das ist, was gewöhnliche Sterbliche eben tun. Und du nicht wie sie sein willst. Es ist jedesmal, wenn du deinen Sohn siehst, nur ein kurzes Gastspiel. Die Zeit, die ihr miteinander verbringt, ist knapp, was dich unter Druck setzt! Du willst die Zeit nutzen. Du willst gut sein. Du willst alles geben. Aber du bist nicht auf einer Bühne, Chuck. Und dein Sohn ist kein Publikum. Laß ihn spüren, daß du da bist. Das genügt. Die Liebe findet sich schon alleine zurecht.

Und sie sagte ihm noch etwas, etwas über die Art, wie Chuck über die Mutter redete und was ihr daran nicht gefiel, wie selbstgerecht es sich anhöre, was er manchmal so von sich gebe. Sie sagte ihm, daß diese junge Frau nämlich, soweit sie das beurteilen könne, ihre Sache offenbar ziemlich gut mache und er gut daran täte, das anzuerkennen, auch ihr gegenüber. Das Kind gedeihe ja nicht, weil er der Vater sei. Im Ernst, Chuck! Ich weiß nicht, welches der beiden Geschenke, die dir dieses Mädchen gemacht hat, das größere ist. Daß du mit ihrer Hilfe clean geworden bist – oder daß du Vater geworden bist! Jedenfalls hast du, finde ich, kein Recht, dich zu beklagen, am wenigsten über sie. Sie hat nichts Falsches gemacht. Ganz im Gegenteil. Sie hat aus einem toten Mann etwas wieder Lebendiges gemacht, einen wieder liebenswerten Menschen. Ich meine das ernst, du Idiot! Also hör auf damit, den Helden zu spielen, den du – lange genug, wie ich finde – gegeben hast, den Mann, der am Fenster steht, auf die Welt und die Menschen schaut – und mit nichts etwas zu tun haben will. Es ist nämlich nicht so, daß Dinge einfach passieren, einfach so, und du dann entscheiden kannst, ob es dir paßt oder nicht. Übrigens, ich bin letzte Nacht in deiner rechten Hand aufgewacht, und war richtig verlegen.

Es würde, das war Chuck klar, ein Geduldspiel werden, und die Zeit der einzige Verbündete sein, der ihm blieb. Aus dem Baby würde ein Kind, und aus dem Kind ein

Junge werden, und irgendwann, wenn das ein Trost war, würden sie eine Zigarette rauchen zusammen; und irgendwann eine Reise machen. Und so fand er sich erst einmal damit ab, daß er, obwohl er das ihm fremde Zuhause weder erobern noch auch nur belagern wollte, der Feind war, eine Rolle, die so ganz neu für Chuck nicht war. Keiner macht sich Freunde, der jeden, der ihm zu nahe kommt, auf Distanz hält. Er wollte das eigene, nicht das Leben anderer retten, wenn er sich verliebte, und verliebt war er, das Laster so vieler Schriftsteller, mehr in das Träumen von der Liebe als in die geliebte Geliebte. Lieber als zu lieben schrieb er Liebesgedichte. Der Biß in ein Butterbrot genügte als Inspiration!

Hier ein eher dürftiges Beispiel aus jenen Jahren.

Brot und Butter, sagte sie
und kam mit ihrem Mund ganz nah.
Ich sah ihre Zunge und verliebte
mich. Ich verliebte mich,
schön der Reihe nach,
in den Mund, ihre Zunge,
in Brot und Butter.

Es war so viele Sommer lang so einfach mit der Liebe gewesen. Nichts hätte herrlicher sein können als jene Jahre! Es ging leidenschaftlich drunter und drüber, in aller Gründlich- und Großzügigkeit. Keine Fragen, keine Vorwürfe, keine Verstimmungen. Aber die Jahre gingen dahin und bald lief alles wieder auf die alten Geschichten hinaus, auf die eine, alles entscheidende Zärtlichkeit, die schicksalhafte Begegnung, die üblichen Diskussionen. Die Blumen waren welk geworden, die jungen Seelen mutlos, die Gesichter nachdenklich und die Liebe, die so lange so leicht gewesen war, war wieder schwer.

Es war schlimmer als nur halb so schlimm. Es war, als hätten eine Menge Freunde die Welt verlassen, als sei etwas unwiederholbar zu Ende gegangen.

Es verging ein Jahr, bis Chuck zum ersten Mal überhaupt die Erlaubnis erhielt, den kleinen Kerl einmal übers Wochenende bei sich haben zu dürfen, und das auch nur, weil seine Mutter mit Freundinnen tanzen gehen wollte. Und so machte Chuck neben der Erfahrung, wie lang ein Wochenende sein kann, auch die, wie es sich anfühlt, an einer Plastikente den Mechanismus in Gang zu setzen, der ein Gute-Nacht-Lied spielt (er mußte aufpassen, dabei nicht selbst auf der Stelle einzuschlafen!), einen Kinderwagen zu schieben (gut, sehr gut, kein Problem!) oder einem Kleinkind Scheiße aus seinem Popo zu wischen (er konnte sogar hinschauen!).

Sehr viel freundlicher wurde Chuck, obwohl er seine Sache als Vater, wie ihm schien, ganz ordentlich machte, auch danach nicht behandelt, als sein Sohn den selbständigen Gang zur Toilette beherrschte – und sich seine Mutter mit ihrem kleinen, von ihr wie eine Majestät verwöhnten Ritter, mit der Situation abgefunden hatte. Abgefunden? Nein, abfinden würde sie sich damit nie. Für sie war Chuck »der Kerl, der mir das angetan hat«, und würde es bleiben!

Daß er ihr nichts, aber sie sich von ihm alles versprochen hatte, war eine Rechnung, unter die kein Strich zu ziehen war.

Sie feuerte nur noch hin und wieder zurück, als wollte sie ihn in ihr Gedächtnis zurückrufen oder, was wahrscheinlicher war, ihn endgültig daraus vertreiben, und das per Telefon und meist sehr spät nachts und nicht selten mit unüberhörbar schwerer Zunge, weil sie entweder zuvor irgendwo gefeiert oder sich zu Hause Mut angetrunken hatte und sich, ihr war offenbar jetzt ganz danach, Luft verschaffen wollte, wobei sie ihn schuldig sprach (dafür, daß das Kind einen Hautausschlag habe, sein Essen nicht anrühre, nachts, die einzige Zeit, die sie für sich habe, immer wieder aufwache und weine) und ihn, mit verwirrender, aber beeindruckender Ausführlichkeit, einen Scheißkerl nannte, einen unzurechnungsfähigen, arroganten, richtig elenden, richtig miesen, total widerlichen Scheißkerl, und dann (»So, und jetzt denk darüber mal nach!«) einhängte.

Sie lag mit ihrer schmutzigen Liste nicht daneben, nicht ganz. Daß er ein Scheißkerl sein konnte, würden nicht einmal Freunde bestreiten – er selbst übrigens auch nicht. Ich bin, wie er gern kokettierte, nicht einmal bei denen beliebt, die mich lieben, und brachte damit seine Überzeugung zum Ausdruck, daß er bereit war, seine Unabhängigkeit mit einer Konsequenz zu verteidigen, die ungeheuerlich und in jedem Fall verletzend sein konnte. Und es war ihm egal. Er fühlte sich nicht schlecht dabei, daß sein Benehmen, seit er erwachsen war, kaum Fortschritte gemacht hatte.

So, und jetzt denk darüber mal nach, und das tat er. Er dachte nach. Auch über sie, die Zeit mit ihr, die kurze Zeit eines Frühlings, den sie wie ein verliebtes Paar miteinander verlebt hatten; jedenfalls hätte sie jeder, der sie sah, für ein solches gehalten. Aber es hatte ihn dieses Gefühl nicht interessiert, nicht so, wie es hätte sein können, wenn sie ihn anschaute. Die Liebe und das Mädchen, das verliebt war, waren für Chuck nur die Nahrung, die einer, der krank gewesen war, zu seiner Genesung brauchte, etwas, um zu Kräften zu kommen, eine Ablenkung, ein mehr als gesunder Zeitvertreib, vielleicht aber auch, wie er manchmal glaubte, ein Verbrechen. Er kannte genug Geschichten, die von Männern handelten, die sich, aus welchen Gründen auch immer, dieses Verbrechens schuldig gemacht hatten.

Aber ich bin nicht für das Glück geschaffen;
meine Seele kennt es nicht!

Onegins Gleichgültigkeit dem Glück gegenüber ist nur das berühmteste und wortmächtigste Beispiel dieser Anmaßung, der mit der Eitelkeit des Grausamen exekutierten schrecklichen Bestrafung einer Frau, die liebt, ohne wiedergeliebt zu werden. Chuck war zu sehr mit der Wiederbeschaffung seiner Lebensgeister beschäftigt, als daß er sich, grausam oder nicht, durch die Tränen einer Liebenden hätte ablenken lassen. Es war nicht wichtig. Es war nicht einmal, was er an ihr liebte, wichtig. Er schaute, wenn sie weinte, nicht hin. Er wollte sich auch gegen das, was sie sagte, nicht verteidigen. Es gab nichts, was er in seinem Zustand hätte anders machen können. Und schon gar nicht machte er sich Gedanken, was das Ende von all dem sein würde (abgesehen von dem Schlußpunkt, den er am Ende unter seine Sucht setzen wollte!). Er dachte an den alten Ami-Schlitten, einen schwarz glänzenden Chevrolet Impala, den er sich gekauft hatte, und wie sie damit, ohne irgendwo ankommen zu wollen, herumgefahren waren und sie nicht wußte, warum er sie angesprochen hatte in der Bar, und, schüchtern, wie sie war, nicht zu fragen wagte, auch später nie, was er sich vorstellte, was einer wie er von ihr wollte und warum er sich, wie sie trotzdem annahm, mit ihr wohl fühlte. Ihr war etwas Vergleichbares nie zuvor widerfahren. Und jede Fahrt konnte die letzte sein! Und eine war es dann auch.

Die Zeit, als dieses Mädchen bei ihm war, die nackten Füße gegen das Armaturenbrett gestemmt, war um. Der Frühling, der seine Erfindung gewesen war, war (auch kalendarisch) zu Ende. Chuck kehrte, mit dem Widerwillen gegen alles, was ihn abhängig gemacht und ihn fast das Leben gekostet hatte, an die Schreibmaschine zurück, zu dem Buch, das er begonnen hatte.

Auch das längst nur noch Erinnerungen! Der Dichter, wie er einem in seinen Armen eingeschlafenen Säugling erzählt, wer Rimbaud war. Der Mann, der nie Vater werden wollte. Der Vater, wie er Buntstifte spitzt, mit denen er sein Kind versorgt, das damit dann – mit einer unerklärlichen Vorliebe für die Farbe Gelb – auf alles malt, was da ist, Papier, Tischplatte, Fußboden. Chuck, der sich seiner eigenen frühen Kindheit besinnt und mit ungewohntem Interesse vertraut macht mit den Spuren einer Lebenszeit, an die nicht seine und keines Menschen Erinnerung zurückreicht.

Chuck war nicht der Typ, der ein Kind, nur weil es das eigene war, für einen unwiederholbaren ungewöhnlichen

Einzelfall hielt, aber eines Tages wurde er zum Zuschauer von etwas Außergewöhnlichem, was man, wenn man will, die Rückverwandlung des Sichtbaren ins Unsichtbare nennen könnte, eine kindliche Spielerei vielleicht nur, aber eine dem Wahnsinn verwandte Spielart davon, die nur deshalb nicht beunruhigt, weil sie sich selbst heilt. Erst einmal war da weiter nichts als ein von seinem Sohn auf ein Stück Papier gemalter Himmel, ganz in Gelb, und in diese große gelbe Fläche des Himmels malte er eine gelbe Sonne, mit der er sich auch noch richtig Mühe gab, und da hinein malte er gelbe Wolken und gelbe Vögel, viele kleine und große gelbe Vögel, und gelbe Bäume und gelbe Elefanten mit fliegenden gelben Ohren. Jeder, dem Chuck das Blatt später zur Begutachtung vorlegte, sah ... ja, was sah er? Er sah nichts! Er sah nichts als eine große, leere, eintönig gelbe Fläche. Und das war noch lange nicht alles. Denn kaum war der gelbe Stift neu gespitzt und der Kinderhand übergeben, vervollständigte sie ihre monochrome Erzählung mit weiteren Details. Es zogen gelbe Gewitterwolken auf am Horizont, da und dort zuckten Blitze, und Regentropfen fielen von unten nach oben, die die Sonne unter Wasser setzten, den Himmel überschwemmten und, man konnte gelb werden vor Neid, was für ein letzter schöner Einfall, die Vögel mit wenigen Strichen eines gelben Stifts dazu brachte, sich im Bauch der Elefanten in Sicherheit zu bringen.

Er sah sich in seiner Erinnerung, ausdauernd wie ein Heiliger, auf seinen Knien auf dem Boden herumrutschen und mit Spielzeug hantieren, mit Dominosteinen und Murmeln und Knetmasse. Ein Vogelhäuschen, das er einmal (mehr schlecht als recht) zusammengezimmert hatte, fiel beim Versuch, es auf dem Balkon an einer Wand zu befestigen, fünf Stockwerke tief in den Hof, wo es nur knapp das Kind eines Nachbarn verfehlte. Der von einem Fehlschlag getroffene, blutunterlaufene Daumennagel war noch nicht wieder verheilt, als sich Chuck an die Konstruktion eines Drachens wagte, den die erste Windbö lachend zerriß. Er versuchte sein Glück als Erfinder von Geschichten (was, wie er wußte, aussichtslos war, da er kein Geschichtenerzähler war, auch als Schriftsteller nicht!) – und kramte stattdessen, weil ihm nicht eine brauchbare Geschichte einfiel, seine Sammlung von Comics hervor, seine kostbaren, noch vom guten alten genialen Carl Barks gezeichneten und längst als Raritäten gehandelten Donald-Duck-Hefte, und machte mit dem Kind, was ein voller Erfolg wurde, einen Ausflug nach Entenhausen, wo ja bekanntlich auch nichts so richtig rund lief.

Wenn einer für Chuck ein Vorbild war, ein Held, dann Donald, die Ente, die berühmteste Ente der Welt. Er dachte an Donald wie an jemand, der wirklich lebt, und hielt ihn für ein Genie, ein Menschengenie. Er sprach darüber sogar einmal auf einer Literaturkonferenz und wurde erst einmal ausgelacht. Er hatte mit einigen anderen seiner Schriftstellerkollegen unter Bildern von Jesus, Thomas Mann und Martin Luther King auf einem Podium gesessen und war bei seiner Wortmeldung zum Thema *Helden – im Spiegel der Jahrtausende* über D. Duck ins Schwärmen gekommen. Seine Zuhörer konnten nicht glauben, was sie hörten. Dabei war es doch, wie Chuck fand, so einfach wie einleuchtend; und es machte ihm dann auch zunehmend Spaß, der ablehnenden Reaktion des Publikums (ganz donaldesk) die Stirn zu bieten. Wer, fragte er, wer außer Donald Duck, dieser armen, unentwegt vom Pech verfolgten Ente, wäre fähig, so unbeirrt optimistisch allem Unglück dieser Welt zu trotzen, und das mit nichts als seinem Glauben an die Kraft, den nächsten Tag, das Glück des nächsten Tages, den einen kleinen, glücklichen Zufall zu erobern? Woher nimmt diese Ente eigentlich die Kraft, jeden Morgen bei Sonnenaufgang aus dem Bett zu springen, wie immer frisch und munter und unbelehrbar unternehmungslustig – und, als habe es den Totalschaden der vergangenen vierundzwanzig Stunden nie gegeben, keinen Schlamassel, keine Schwierigkeiten, keine Niederlagen, den ganzen kleinlichen Ärger nicht, den neuen Tag zu beginnen? Wenn er morgens aufwache, sagte Chuck, wünsche er sich da nicht wenigstens ein wenig von jener Energie, über die sein unerreichbares Vorbild in so hoher Dosierung verfüge? (Es regten sich erste Anzeichen von Zustimmung!) Donald, der sympathische Versager, Donald, das Stehaufmännchen, Donald, der Held! Wie unermüdlich und ausdauernd er sich abmühe mit all den Tücken seiner alltäglichen Existenz, die, was sonst, mit der aller Menschen dieses Planeten identisch seien. An Donalds Kampfgeist und seiner Risikobereitschaft jedenfalls könne man sich nur ein Beispiel nehmen. Er ist, komme was wolle, voller Hoffnung, was auch für seine Hingabe jener Frau gegenüber gilt, die er haben will, die er verehrt und liebt, für deren Liebe er steht und fällt! Daisy! Ganz und gar die

Gans seines Lebens! Die mit Donald macht, was sie will, wobei nicht klar ist, was sie überhaupt will, weil sie ja immer wieder auch mit Gustav Gans flirtet, diesem Glückspilz mit seinem immer strahlenden Schnabel, seiner schmalzigen Eleganz! Gustav, die Ente für den schnellen Augenblick! Sie läßt sich von ihm, und genießt es natürlich, den Hof machen! Wie soll eine so grundehrliche Ente wie Donald aus so einer Frau schlau werden? Aber wir ahnen es schließlich, und sind verstimmt. Sie versteht unter Liebe, einen Mann zu ihren Bedingungen zu heiraten. Wer bei ihr als Ehemann in Frage kommen will, muß berechenbar sein, ihr die Sicherheit eines Monatsgehalts bieten. Sie will selbst träumen, nicht von einem, der träumt, dominiert werden! Sie will keinen, dem zum Beispiel, wie Barks in einer seiner Geschichten erzählt, eine Landkarte, und sei es eine von Labrador, die er irgendwo in den Straßen von Entenhausen gefunden hat und worauf er glaubt, einen Hinweis auf einen Goldschatz entdeckt zu haben, genügt, um sich in einen von allen guten Geistern verlassenen Abenteurer zu verwandeln! Sie will so einen nicht. Sie will keinen, dessen wilder Begeisterung sie nicht gewachsen wäre. Eigentlich träumt sie von weiter nichts als einem Häuschen in Entenhausen, von kleinen Entenkindern, von einem Mann, der den Schnabel hält, wenn sie redet. Und was tut Donald? Er holt seine drei Neffen von der Schule, um sich mit ihnen ins ewige Eis aufzumachen, auf Goldsuche! Und warum das alles? Aus Liebe! Um Daisy zu beweisen, was für ein Kerl er ist, der aufregendste Junge weit und breit, der einzig Unangepaßte!

Was für ein Charakter! Von Löwen verschluckt und

wieder ausgespuckt! Stammgast auf jeder Bananenschale! Die reine Rutschpartie! Und kaum entschließt er sich, Daisy einen Heiratsantrag zu machen, kriegt er prompt Schnupfen. Unvergeßlich auch sein Kampf gegen ein kleines grünes Tierchen, man könnte es das Paranoia-Tierchen nennen, das ihm auflauert und gegen das er sich mit einem Baseballschläger, zuerst wie es aussieht erfolgreich, zur Wehr setzt. Er trifft es, und was passiert? Aus dem einen, das er erwischt, werden zwei. Er verdoppelt seine Anstrengung, trifft wieder, und was passiert? Aus den beiden werden vier, aus den vier acht, aus den acht sechzehn. Donald kann die unerklärliche, ans Unheimliche grenzende Vermehrung der Paranoia-Tierchen nicht mehr aufhalten – und muß kapitulieren. Nicht kleinzukriegen, diese Ente, von Gustav Gans nicht, von seinen drei Neffen, diesen Nervensägen, nicht, schon gar nicht von einem Arschloch wie Onkel Dagobert, diesem Geizhals. Wie sich das anfühlen muß, immer in Reichweite von Reichtum leben zu müssen! Armer Donald! Diese mit Mühen und Plagen gesättigte Existenz! Und wie unzerstörbar!

Das Publikum hatte seine feindselige Haltung inzwischen teilweise aufgegeben, und vereinzelt bekam er zaghaft sogar Beifall, besonders, als Chuck am Ende noch die Frage streifte, ob Donald Duck das kannibalistische Vergnügen zuzutrauen wäre, seinen gleichermaßen berühmten asiatischen Verwandten, die Peking-Ente, verspeist zu haben.

Die neuesten Forschungsergebnisse lägen noch nicht vor, sagte er, es sei demnach also noch unklar, ob es in Entenhausen überhaupt ein chinesisches Restaurant gegeben habe.[4] Dann, mit einem mißbilligenden Blick hinauf zur Galerie der Porträtierten, meinte Chuck, man hätte besser daran getan, sich Thomas Mann zu schenken und an seiner Stelle, wenn schon nicht Donald Duck, einen anderen, nämlich Samuel Beckett, mit einem Konterfei zu ehren – und zitierte (zur verlegenen Überraschung seiner Zuhörer) auch gleich einen seiner Sätze, den vielleicht berühmtesten: *Alles seit je. Nie was andres. Immer versucht. Immer gescheitert. Einerlei. Wieder versuchen. Wieder scheitern. Besser scheitern.* Ein Scheitern, das keine Erwartungen enttäuscht.

Während sich Chuck – es war längst Abendessenszeit! – an die Herstellung schmackhafter Pfannkuchen machte, fiel ihm noch etwas ein, ein vor vielen Jahren von einem Freund gemaltes Bild; auch er ein glühender Verehrer der unverwüstlichen Ente. Auf dem Bild sehen wir Donald, wie wir ihn kennen, eine Ente im Matrosenanzug, die ein rotes Herz durch die Wüste schleppt. Hatte sie je ein anderes, ein leichteres Leben gehabt? Das Herz mußte, so wie sie schuftet und schwitzt, einiges an Gewicht haben; was man auch an der Spur sah, die das Herz in den Sand gegraben hatte, eine große Schleife, die sich, kleiner und kleiner werdend, am Horizont verlor. Das Bild nun hält jenen Moment fest – und genau der war es, der das Bild so interessant machte –, als Donald im Wü-

4 Auch im neuesten, in einem Sonderheft der Zeitschrift für Donaldisten, Nr. 55, abgedruckten Stadtplan (»Der einzig wahre Stadt- und Umgebungsplan von Entenhausen«) fehlt jeder Hinweis darauf, dafür sind aber endlich alle 33 Wohnsitz von Donald kartografisch genau verzeichnet, ebenso wie die wechselnden Adressen von Daisy und Gustav, die Werkstätten von Daniel Düsentrieb, der Geldspeicher Dagoberts und Oma Ducks Gut.

stensand auf eine Spur trifft, die jener gleicht, die er selbst gezogen hat, und stutzt! Und wir, die Betrachter, tun das mit ihm. Fragen über Fragen! War Donald, und wenn, wie lange schon und wie schrecklich vergeblich, nur immer im Kreis gegangen? Gab es da noch einen, wie er dazu verdammt, mit einem Herz unterwegs zu sein, allein in einer menschenleeren Wüste? Was für ein Herz war es, das er da mit sich schleppte? Das Herz, das alle Liebe enthält? War es deshalb so schwer? Aber damit noch nicht genug. Wohin eigentlich war er damit unterwegs? Wollte er es Daisy, die manchmal keines zu haben schien, zum Geschenk machen? Brachte er es in Sicherheit, und wenn, vor wem? Schleppte er es heim ins Gelobte Land oder zurück nach Entenhausen zur Reparatur? Man sah es der Ente an, daß sie am Ende war. Was jetzt? Was tun? War alles umsonst?

Inzwischen waren die Pfannkuchen verbrannt, was seinem Sohn gefiel: er mochte keine. Er rührte auch die Rühreier nicht an, weil sie wie Pfannkuchen aussahen. Was sah nicht aus wie Pfannkuchen, garantiert nicht? Cornflakes mit Milch!

Sie tobten vor dem Schlafengehen noch herum miteinander, brachten sich mit Grimassen zum Lachen oder jagten sich mit Grimassen Angst und Schrecken ein. Und dann passierte es. Der Kleine hätte sich vor Schreck fast verschluckt, und Chuck daraufhin aus Angst fast auch. Das kleine Kerlchen war drauf und dran zu verenden.

Aus Erleichterung darüber, daß sie noch lebten, jonglierte Chuck, bis seinem Sohn die Augen zufielen, mit Orangen – und stand dann auf, ging auf Zehenspitzen aus dem Zimmer, setzte sich in der Küche ans offene Fenster und zündete sich eine Zigarette an.

Sein Vormieter, ein brasilianischer Dealer von Massageölen, magischen Amuletten und, eher nebenher, von Kokain, ansonsten aber ein friedfertiger Vegetarier, hatte in der Wohnung eine Hängematte zurückgelassen, das Prunkstück einer Hängematte – und die wurde zu ihrem Schiff, von dem aus sie, allein an Bord, über die Meere schipperten. Sie entdeckten Inseln und Kontinente, warfen Anker, machten sich auf, um an Land zu schwimmen, was wegen der vielen Haifische nicht ungefährlich war. Kaum wieder festen Boden unter den Füßen, zwang sie das Geschoß einer Steinschleuder, hinter dem Sofa in Deckung zu gehen und dort erst einmal kauernd auszuharren. Aber lange dauerte das Glück, sich endlich wieder zu voller Lebensgröße aufrichten zu können, nicht, denn schon hatten sie es mit einer Horde unheimlich unsichtbarer Gegner zu tun, Fabelwesen, halb Mensch, halb Tier, die vergiftete Pfeile abfeuerten, der ganze Himmel war schwarz von ihren Geschossen, bis Chuck, dem auch noch, wenn er die Nacht zuvor um die Häuser gezogen war, ein Kater zu schaffen machte, irgendwann kurzerhand den letzten angreifenden Wilden erledigte und, weil er alles gegeben und sich verausgabt und vor Erschöpfung schon Sehstörungen hatte, vorschlug, sich auf ihr Schiff zurückzuziehen, um erst einmal in Ruhe zu verschnaufen.

Okay, mein Kleiner, dachte Chuck, Schluß für heute, Schluß! Die Hängematte ist müde, ein Schiff zu sein. Und ich bin es auch. Jetzt ein Schläfchen, dachte er. Mein

Gott, nichts weiter als ein kleines wohlverdientes Nickerchen! Aber für den Komfort einer Minute der Stille, die Augen geschlossen, das Singen sich sanft überschlagender Wellen im Ohr, ganz den wohltuend frischen Winden einer Meeresbrise hingegeben und dem Traum, es zur Abwechslung einmal mit einem friedlichen Einheimischen zu tun zu kriegen, irgendeinem Indio, der in seiner Strohhütte damit beschäftigt war, einem erschöpften Reisenden einen Drink zu schütteln, für all das war ein Kind seines Alters natürlich nicht zu begeistern! Nur, was noch alles tun mit einem, der vor Aufregung nicht aufhörte, auf seinem Vater herumzuklettern – und mit Fäusten darum bettelte, daß dem die Ideen nicht ausgingen? Fische beobachten, fiel ihm ein. Ja! Das war, ohne sich schon wieder verausgaben zu müssen, machbar – sie mit einer Angel, einem einfachen Stück Schnur mit einer Büroklammer dran als Haken, ködern, an Bord holen, wenn sie angebissen hatten, und über einem fiktiven kleinen Feuerchen braten (endlich etwas, das ihm schmeckte!).

Wir könnten, schlug er vor, wenn wir morgen einen erwischen, Affenfleisch grillen! Oder Klapperschlangen! Und dann bring ich dir bei, wie man pfeift! Aber morgen, mein Junge, nach einem guten langen Schlaf. Einverstanden?

Wie vertrauensvoll selig das Kind dann war – und wie neidisch der Vater auf dessen träumerische Wachsamkeit, überhaupt auf die Fähigkeit von Kindern, das Unsichtbare für wirklich zu halten, das Gedachte für real, das Erfundene für reiche Beute. Seine kleine Wohnung glich, wenn die Spiele gespielt und die Geduld und die

Kräfte der Spielenden erschöpft und es draußen dunkel geworden war, einer übel zugerichteten Kindertagesstätte, und Chuck war jedesmal, nachdem er das Kind (bis auf eine Schramme am Knie manchmal oder der Neuigkeit, daß eines seiner Zähnchen wackelte) wohlbehalten und, um nur nichts zu riskieren, frisch gewaschen und gekämmt zu Hause abgeliefert hatte, ziemlich sicher, während der ihm gewährten Besuchszeit sein Bestes gegeben zu haben, auch wenn er die letzten Stunden verflucht, immer öfter auf die Uhr geschaut und vieles, was ihm das Temperament des Kindes an Aufmerksamkeit abverlangte, nur noch mechanisch und zerstreut erledigt hatte und zum Schluß kaum noch recht ansprechbar gewesen war. Er spürte es bis auf die Knochen; und im Kopf, der dem quantenschnellen Kombinieren, zu dem Kinder fähig sind, kaum folgen konnte. Was Sinn machte, war Geschwindigkeit; als sei die Begeisterung für alles, was schnell (und folglich besonders aufregend und gefährlich) war, die einzige Wärmequelle, die ihre Körper mit Energie versorgte. Chuck hatte, zurückgekehrt in die eigenen vier Wände, zu tun, sich wieder dem arg gedrosselten Tempo seines gewohnten Lebens anzugleichen. Jedenfalls war das Arbeit, was ihm abverlangt worden war, richtige schweißtreibende Schwerarbeit! Es war Alltag wie Schule (Brote schmieren! Plus Apfel, wie ihm von seiner Mutter aufgetragen worden war!), wie Fußballspielen (Chuck als Tolpatsch, als ulkig komischer Torwart) oder wie, was er wirklich verabscheute, mit ihm in ein städtisches Schwimmbad zu gehen (um sich dort von einem Bademeister anschnauzen zu lassen, der nach einem scharfen Wortwechsel mit Chuck auf eine amtliche

Verordnung verwies und eigenhändig den Stöpsel aus dem aufblasbaren Krokodil, das sie dabeihatten, riß). Er war nicht ohne Grund seit Jahren in keinem städtischen Bad mehr gewesen. Die Menschen sahen dort noch kraftloser, noch hinfälliger aus als sonst, bemitleidenswert, wenn man sie mochte; aber Chuck mochte sie eben nicht – und freute sich schon auf den Tag, wo sie zusammen, nur sie beide und weit und breit keine Menschenseele, in einem See schwimmen würden.

Die Monate vergingen, die Jahre.

Sein Sohn wurde älter, und Chuck, es war nicht zu leugnen, allmählich alt. Der Unterschied an Jahren war groß, nahezu ein halbes Jahrhundert, eine irgendwie ärgerliche, zumindest ungewöhnliche Zeitspanne. Die falsche Ewigkeit eines langen Lebens! Er kam sich vor wie einer, der eine Zukunft ausspioniert, die es nicht mehr gibt.

Was war das für eine Art Liebe, die ihn mit dem Kind, dessen Vater er war, verband? Was war das, Vater zu sein? Es ist nichts, dachte er, wenn es nicht da ist, und wenn es da ist, hört es nie mehr auf. Du kannst dich wehren, aber es nützt nichts. Tu, was du willst! Eine bessere Gelegenheit, Fehler zu machen, gibt es nicht. Chuck wußte nicht, wie man, was an der ganzen Sache nie ganz in Ordnung war, ändern konnte. Er wußte es einfach nicht. Sie wußten es beide nicht. Sie sprachen nicht darüber. Es war zu intim. Sie wären verlegen, der Sache den Zahn zu ziehen. Was seine Mutter anging, so war deren offener Widerstand gegen ihn inzwischen weitgehend abgeflaut. Das Gröbste schien ausgestanden. Beide, sie und Chuck, hatten sich als zwar getrennt lebende, aber zuverlässige Eltern erwiesen.

Hunger?

Nein!

Wirklich nicht?

Nicht wirklich!

Er ging trotzdem schauen. Im Eisschrank lagen ein paar erfrorene Bananen, der Flyer eines Pizza-Schnelldienstes, jede Menge Nahrungsergänzungspräparate, ein ganzer Vorrat davon, und dann, es gab ja sonst nicht viel zu sehen, entdeckte er ganz unten noch etwas, was sich als der zu einem kleinen schwarzen Klümpchen geschrumpfte Kadaver einer Fliege herausstellte. Da war sie – wenn es die war, die er hatte abschießen wollen! Oder gab es noch eine, noch ein letztes Exemplar? Die Stubenfliege, *musca domestica*, lebt sechzehn bis vierundzwanzig Tage, Weibchen länger als Männchen, kommt weder in Wüsten vor noch in polaren hochalpinen Landschaften. Was man in der Schule nicht alles lernt! Und so eine, Weibchen oder Männchen, lag tot im Eisschrank. Wie kam sie, die es nicht einmal durch eine Glasscheibe geschafft hatte, ohne fremde Hilfe dazu, in einem Eisschrank zu landen? Ein linker Haken, eine linke Gerade, sieht man so dann am Ende aus?

Er ging zum Wasserhahn, trank ihn leer und kam zurück. Also dann, sagte er und schulterte den Rucksack mit den Schulsachen. Der Pflicht, ein gegebenes Versprechen gehalten und dem Vater einen Besuch abgestattet zu haben, war Genüge getan.

Wann seh ich dich wieder?

Keine Ahnung.

Ja, ich weiß, dachte Chuck und versuchte den Stich, den es ihm versetzte, mit einem hilflosen Lächeln zu überspielen. Natürlich! Keine Ahnung, was sonst! Er fühlte sich, ob er wollte oder nicht, so wehrlos wie die Mädchen, denen er oft genug, nachdem er sie verführt hatte, die gleiche Abfuhr erteilt hatte, nicht weniger verärgert wie sein Sohn jetzt und mit ebensowenig Interesse an einer Antwort, die ihn zu etwas Konkretem verpflichtet hätte. Wie oft hatte er in Gedanken aufgestöhnt, weil es ihm lästig gewesen war, wenn sie genau das von ihm hatten wissen wollen und er sich – Schluß jetzt, verdammt noch mal! Wir sehen uns, wir sehen uns nicht! Was weiß ich! – ohne viel Federlesens abgewendet hatte.

Er wollte seinen Sohn zum Abschied umarmen, ja mehr noch, in den Arm nehmen, ihn drücken, an sein Herz drücken, wie man sagt, wie er es jedesmal, seinem wenn auch ein wenig unentschlossenen Widerstand zum Trotz, bei jedem Abschied (und auch bei jedem Wiedersehen mit ihm) tat, als könne dieser Moment ihr Schicksal beeinflussen – aber da war er schon weg.

Als Chuck allein war, spürte er den Schmerz wieder, der von seiner Zuneigung zu dem Kind herrührte. Er hatte es gewußt. Er hatte gewußt, warum ihm die Heiterkeit eines ewig kinderlosen Junggesellen als Glück gereicht hätte, daß er der Liebe eines Vaters zu seinem Kind nicht gewachsen sein würde, daß er dieser Liebe ausgeliefert sein und sie ihn, weil sie seine Kräfte überstieg, traurig machen würde, traurig wie nichts anderes auf der Welt.

Und dann ging das Telefon.

Einer aus seinem Verlag war dran, einer, der nicht nur die Verkaufszahlen seiner Bücher kannte; einer, der Chuck nicht, wie überhaupt keinen der von ihm betreuten Schriftsteller, danach beurteilte, wie hoch sie waren, wie profitabel für den Verlag. Vielleicht kamen sie deshalb so gut miteinander aus, waren sich sympathisch und schon fast so etwas wie Freunde geworden. Er verstand von dem, was Chuck im Verlag ablieferte, zumindest so viel, daß es sich lohnte, sich mit seiner Arbeit Mühe zu geben. Er verwechselte Bücher nicht mit dem Geschäft, das mit ihnen zu machen war. Vielleicht spielte, was einer schrieb, erst in zwanzig Jahren was ein oder in fünfzig, oder auch dann nicht. Zum Teufel mit allen Moden, mit einem Markt, der Bücher am liebsten als Stapelware anbot, und Schriftsteller hofierte, die gut für Schlagzeilen waren oder das Zeug zum Fernsehstar hatten.

Sie haben die sechs Seiten bekommen?

Hab ich.

Und?

In Ordnung. Keine Einwände.

Chuck hatte ihm was geschickt, ein Gedicht, *Sizilianischer Sonntag*[5], sechs eng beschriebene Seiten. Ein Mann der Mafia, einer der Bosse des Syndikats, kann nicht mehr pissen, ohne zu sterben vor Schmerzen. Was folgte, war eine ungeheuerliche, gegen Gott gerichtete Anklage, sei-

5 Anhang Seite 163

ne Abrechnung mit ihm. Wahrscheinlich glaubte er, daß der Kerl irgendwie reagiert, wenn man ihm mal richtig die Meinung sagt, daß er sich zeigt, sein Gesicht wenigstens, aber er bleibt unsichtbar, was ihn gefährlich macht. Wie einen Mann bestechen, der sich versteckt? Mit den Schmerzen im Schwanz und dem Geld, das er ihm hinhält, steht er vor dem Altar, bis er völlig durchdreht – und wahnsinnig wird. Erzählt wird das Ganze von seiner Tochter, die ihren Vater schließlich erlöst. Sie erschießt ihn.

Ich habe es mir laut vorgelesen, und bin einverstanden. Es ist perfekt. Klar geschrieben, und doch poetisch. Ein Jammer, daß man daraus kein Buch machen kann.

Sechs Seiten, sagte Chuck, und drei Wochen Arbeit. Man ruiniert sich.

Ich nehme an, die ganze verdammte Schwierigkeit, es zu schreiben, hatte darin bestanden, das Wort *Schwanz*, das ja mehr als nur sehr häufig vorkommt, wie ein ganz normales Wort zu behandeln, ein Wort wie jedes andere. Wie Kopf, Auge, Arm.

Chuck gab ihm recht. In der Tat, das war das Problem gewesen. Da hast du einen, der nur von der Krankheit redet, von den Schmerzen und seinem Schwanz (warum sollte sich einer, der auf der Straße groß geworden war, gewählt ausdrücken?), auch in einer Kirche, vor Gott also, von nichts als von seinem Schwanz reden zu lassen. Die andere Schwierigkeit war, einen Mann, der kaltblütig gemordet hat, eigenhändig, oder Morde in Auftrag gegeben hat, nicht unsympathisch erscheinen zu lassen. Und dann, ihn verrückt werden zu lassen, ohne daß die Sprache gleich mit durchdreht.

Das ist gut gemacht. Man weiß nicht, wann er aufhört,

mit Gott nur in Gedanken zu reden und wann er laut und deutlich wird.

Und *wie* laut er wird. Er hat eine Stinkwut auf den Kerl. Aber der schweigt.

Gott schweigt, ja.

Chuck hatte das schon immer imponiert: die Genauigkeit, mit der er las, seine Geduld, die Unbestechlichkeit seines Urteils, sein Verständnis für die Schönheit eines Satzes. Und genug Humor hatte er auch noch, sich für die Defizite zu entschuldigen, was seine Kenntnis von Frauen anging, eine Anspielung auf ein anderes Manuskript, das Chuck jüngst abgeliefert hatte. Anders gesagt: sich diesen Mann in der Umarmung mit einer Frau vorzustellen verlangte Phantasie; und verursachte wahrscheinlich Kopfschmerzen! Man ließ es besser sein. Er fühlte sich nur mit einem Buch in der Hand in Sicherheit – diese elenden Bücher, wie er sie liebevoll nannte.

Die Liebenden der Literatur! Die Liebe dieser Liebenden, verwandelt durch Erfindung! Liebe pur sozusagen! Die gemeine, alltägliche Liebe, die Liebe, wie die Wirklichkeit sie anbietet, wie sie die Menschen beschäftigt, sie unterhält, quält, leiden und verzweifeln läßt, die Liebe ohne das Geschenk ihrer Idealisierung war nur die Parodie auf wirkliche Gefühle. Wir haben, was wir gelesen haben, in der Hand wie die Hüfte, die wir umfassen, wie die Frau, deren Hüfte dem Druck nachgibt oder (»Nein, Liebling, nein!«) eben nicht, wie die Geliebte, die den Hörer nicht mehr abnimmt. Erschlagen wir sie mit der Seite, die wir umschlagen! Sein Vertrauen in die Literatur war grenzenlos. Wer liest, will ins Offene; wer liebt, auch!

Das Leben ist komisch, aber selten originell, leider. Und es ist selten sehr lebendig. Am allerwenigsten ist es natürlich, so wie es für einen Wanderer natürlich ist, den Horizont im Blick zu behalten, für einen Bergsteiger den Gipfel, für den, der liebt, die Liebe, die ganze Liebe, alles, und mehr als alles. Es ist, was wir *wirklich* nennen, eine grobe, stümperhafte Version davon, einer Kunst ohne Künstler vergleichbar, hingeschmiert, unleserlich. Das Leserliche, der Urtext menschlicher Leidenschaften, steht in den Büchern. Dante läßt Paolo und Francesca ihre Liebe entdecken in Kenntnis dessen, was beide kennen, was sie gelesen haben, Verse, die sie einander auswendig aufsagen können. Emma Bovarys Liebesglut war, wie man nachlesen kann, durch ihre Lektüre ziemlich gewöhnlicher Liebesgeschichten in Zeitschriften entfacht worden. Puschkins Tatjana labte sich an der verführerischen Illusion süß erregender Romane. Jeder dieser Liebenden hat nur einen Zeugen, mich, seinen Leser. Mit mir ist er allein und gestattet mir deshalb das Recht, alles wissen zu wollen.

Er war, was Gefühle anging, ein Schwärmer, aber kein Romantiker. Er würde für keine die Hände aus den Hosentaschen nehmen, für das Mädchen Lolita nicht, und für Frau Karenina auch nicht. Für die beiden Russen jedoch, den amerikanischen Russen Nabokov und den russischen Russen Tolstoi, würde er sich, da war Chuck sich sicher, sogar die Ärmel hochkrempeln.

Er liebte es, mit der Hand über eine bedruckte Buchseite zu streichen, über Sprache, über Stil! Die Klarheit des Schriftbildes, die Ordnung der Zeilen, ihrer Anordnung auf jeder Seite, eingefaßt in Ruhe! Wie ihn das glücklich machte! Einer Frau etwas von den Augen ablesen? Wenn ich das nur könnte, stöhnte er. Wenn ich einer in die Augen schaue, sehe ich Rechtschreibfehler und fehlende Kommas.

Sogar dessen leichtes Stottern mochte er, wenn er sprach.

Stottern! Chuck hatte das als Kind selbst mal gehabt, aber die fünf Minuten, die er einem gähnenden Gorilla zugeschaut hatte, hatten ihn kuriert.

Chuck erinnerte sich an ein Gespräch mit seinem Freund über das Rauchen und warum sie es trotz aller Warnungen nicht längst hingegeben hätten. Er wußte nicht mehr, was er selbst als Grund angegeben hatte (es hatte wahrscheinlich mit der Idee des Schreibens zu tun, einer romantischen Idee, und dem Nutzen bestimmter Gifte dabei, wenn man nächtelang nichts anderes tat und trotz aller Müdigkeit wach und konzentriert bleiben wolle), aber die kurze Bemerkung von ihm, daß es etwas Zirkushaftes habe, hatte Chuck gefallen. Ein Streichholz anreißen, es aufflammen und brennen sehen mit seinem kleinen, unruhigen, die Sinne bezaubernden Licht. Es werde Licht! Auf dieses unschuldige Vergnügen wolle er einfach noch nicht verzichten. Wenn erst der Tabak brenne und das Streichholz verkohlt im Aschenbecher liege, sei das Schönste geschehen! Was bliebe, sei Rauchen als Gewohnheit, ein Laster, eines der Langeweile wahrscheinlich; oder, und dafür spreche einiges, Ausdruck eines tief in uns verborgenen Leidens, auch wenn jeder mit einer Zigarette im Mund das Gegenteil dessen demonstrieren wolle.

Er hatte, obwohl durch und durch ein Intellektueller,

ein Kopf- und Papiermensch, die Gedankenkraft eines Dichters und die Ruhe eines Handwerkers, eines Mannes, der etwas mit seinen Händen tun will. Am liebsten würde er so denken können, mit den Händen.

Ach ja, und noch etwas gab es, das Chuck sehr für seinen Freund einnahm, eine Kleinigkeit, seine Freude über ein Foto, das Chuck mal aus einer Zeitung geschnitten und ihm geschickt hatte und das er nicht etwa sofort entsorgt (und sich trotzdem herzlich bedankt!), sondern mit einer Nadel an der Wand seines Büros befestigt hatte – und da hing es seither. Ein überraschendes, eigentümlich vielsagendes Foto, das damals, es war das Jahr 1993, durch die Weltpresse ging und einen Tennisspieler zeigt, einen einst sehr berühmten Tennisspieler, den Amerikaner Jim Courier, einige Zeit die Nummer eins der Welt, wie er die Erholungspausen beim Seitenwechsel dazu nutzt, in einem Buch zu lesen. Da saß er, sein Markenzeichen, eine weiße Baseballkappe, auf dem Kopf, den Schläger neben sich, die Beine ausgestreckt – und las. Sogar bedankt hatte er sich, mit einer Postkarte. Ungewöhnlich, in der Tat. Nimmt statt einer Banane ein Buch zur Hand! Hat der Kerl Einfälle – und Nerven!

Stimmt, schrieb Chuck (auch auf einer Postkarte) zurück, ich hoffe, Sie schauen sich den Burschen demnächst mal im Fernsehen an, auch wenn Sie, wie ich weiß, Sport für ungesund halten. Chuck erinnerte sich auch an das, was der Tennisstar der Presse gegenüber nach dem Match von sich gab, keine langen Liebeserklärungen, sondern nur: Es war so spannend, ich mußte einfach weiterlesen.

Sein Freund war keiner, der sich lange bitten ließ, zur Sache zu kommen. Ein Vertreter der Pharmaindustrie habe gerade im Verlag angerufen, der ihn, Chuck, für eine Veranstaltung engagieren wolle. Gedacht sei an einen kurzen kleinen Auftritt anläßlich eines geselligen Abends. Einem Essen, vermute ich, einem Firmenessen in einem Restaurant. Er mußte selbst fast lachen. Na ja, sagte er, aber sie zahlen gut.

Sehr gut?

Anständig.

Ich bin teuer, sehr teuer!

Ich habe das angedeutet, ja.

Und?

Was nichts kostet, ist nichts wert, hat er gesagt.

Wahrscheinlich saß sein Freund gerade an seinem Schreibtisch und betrachtete, während er mit ihm sprach, die Spitze eines Bleistifts, mit dem er, wenn er nicht gerade telefonierte, Korrekturen in Manuskripte einzeichnete. Es war ein Kompliment, wenn er beim Lesen die Armbanduhr abgenommen hatte, was bedeutete, daß ihm gefiel, was er las; ihm gefiel auch die symbolische Bedeutung dieser Geste. Der Kunst, hieß das, hat keine Stunde geschlagen. Und dann, das war sein Job, machte er sich an die Aufräumarbeit. Es war ja nicht alles, was auf seinem Tisch landete, mit Quellwasser getauft. Sein Vorgänger, ein tief melancholischer, tief unglücklicher Ungar, wurde krank vor Ärger, wenn ihm Schlampereien vorgelegt wurden, was er nur durch unmäßigen Konsum von bis zu drei Tafeln Schokolade täglich überhaupt überlebte; und auch das nützte nichts, denn er verstarb in mittleren Jahren. Ein an sich selbst verübter Mord! Dazu Zigaretten, die eine noch qualvollere Sucht waren. Da nützten auch die Tennisstunden, zu denen er sich noch hatte überreden lassen, nichts mehr. Man hat ihn in einem Parkhaus neben seinem Auto gefunden, er wollte gerade einsteigen. Ein Genie des Lesens, einer von einigen, die es noch geben mochte – und niemand wird vor ihren Gräbern innehalten und den Kopf senken.

Es ist das Lesen ja unbestritten ebenfalls eine Kunst, und keine geringere als die des Schreibens. Sich Zeit lassen! Zeit löschen! Den Körper darauf einstellen, zur Ruhe zu kommen. Immer wieder, er hatte es Chuck gegenüber oft genug erwähnt, unterbrach er das Lesen und schloß die Augen, weil ihn ein Satz, eine Zeile, eine ganze Seite wegen ihres Zaubers, ihrer magischen Einfachheit, ihrer Vollkommenheit in freudiges Erstaunen versetzte, ein Zustand, der ihn immer noch wie ein Kind glücklich machen konnte. Es machte ihn nicht im geringsten verlegen, dieses Glück zu gestehen. Wie war es möglich, fragte er sich, so gut schreiben zu können? Was waren die Mittel, daß es gelang? Er kannte die Antwort nicht, nicht die ganze Antwort; und die vielen kleinen Antworten, wie sie eben waren, ergaben nichts Ganzes. Aber es war in Ordnung und gut so. Wie aufregend ein Leben, dachte er dann, das in aller Stille solche Wunder vollbringt. Sie waren niedergeschrieben, sie waren gedruckt und gebunden worden, sie warteten und schwiegen. Manchmal stand er, ein einziges seliges Lächeln im Gesicht, mit einem Buch in der Hand auf, drehte kleine Runden quer durch ein Zimmer und setzte sich nicht eher wieder hin, bevor er nicht sicher war, sich die Sache für immer, für länger als immer ins Gedächtnis eingeprägt zu haben. Und ich war, sagte er, viel auf den Beinen, ich habe einige, nicht viele, aber einige Bücher geradezu im Stehen gelesen! Mir taten oft mehr die Beine als die Augen weh, und am Abend natürlich der Rücken. Und bei Herrn Nabokov, dessen Bücher ich regelrecht dirigierte, auch noch die Arme. Ich hatte manchmal richtig Muskelkater. Er war, versteht sich, ein langsamer, andächtig langsamer Leser, aber einer mit Kondition. Es gingen ganze Nächte drauf, bis er sich geschlagen gab. Da sang schon die erste Amsel.

Es war dieses Bild, das sich Chuck eingeprägt und ihm den Mann sympathisch gemacht hatte. Der Mann war altmodisch, er hielt Distanz. Der Literaturbetrieb interessierte ihn nicht. Er zeigte sich nicht auf literarischen Abenden, sprach keine einführenden Worte, reiste nicht zu Tagungen, auch wenn diese an illustren Orten stattfanden, und Einladungen, in einer Jury zur Vergabe von Stipendien oder Literaturpreisen mitzutun, lehnte er sowieso ab – was ihm in Chucks Augen Autorität verlieh. Was er über diesen Beruf wußte und über die, die ihn ausübten, teilte er seinen Autoren mit, im Gespräch unter vier Augen oder am Telefon oder in ausführlichen, handschriftlich abgefaßten Dossiers. Er vergeudete seine Energie auch nicht mit einem Privatleben, das ihn von seiner Arbeit ablenkte. Keine Ahnung, ob es Frauen in seinem Leben gab. Einen Satz wie »Ich habe das Gefühl, daß …« wäre nie aus seinem Mund gekommen. Er schien im reinen mit sich. Er war, was er war, gern: ein Leser, einer der besten, die Chuck kannte, unbestechlich, aufrichtig, in seinem Urteil schonungslos.

Man erzählte sich von ihm, daß er, noch bevor er morgens die Augen aufschlug, schon ein Buch in der Hand hatte. Was immer die Verbrechen des Fortschritts auch mit seinem Leben anstellen würden, mit der Zeit, die ihm noch blieb, sein Freund, soviel war sicher, würde widerstehen. Und wenn es irgendwann einer Heldentat gleichkam, ein Buch zu lesen, er würde der Reihe nach all jene Bücher, auch wenn er sie längst auswendig konnte, wiederlesen, weil sie, wie er sagte, von den Wundern erzählten, die nur Unwissende wie ich nicht anzweifelten. Er zitierte »Herrn Pessoa«, dem diese förmliche Anrede gefallen hätte. *Denn wer bei seinem Tod einen schönen Vers hinterläßt, hat Himmel und Erde bereichert.* Es war dieser Glaube, der ihn ganz handfest daran hinderte, jemals auf andere als seine Art seinen Lebensunterhalt verdienen zu wollen. Zwei Dinge waren es, an die er glaubte: die Poesie, die Mitleid war mit einer Welt, die sie nicht mehr zur Kenntnis nahm, und Bleistifte. Er kaufte jeden Tag einen. Vielleicht, weil es bald keine mehr geben würde, und auch keine dieser von rührend hilfsbereiten alten Ehepaaren betriebenen Schreibwarengeschäfte mehr, die sie noch auf Lager hatten. Und auch mit den Streichhölzern würde es eines Tages zu Ende sein. Wie mit den Dichtern auch, wie er in einem übertrieben trübseligen Tonfall hinzufügte, wenigstens mit den wenigen, die noch welche sind. Es war die Poesie das Licht der Flamme, es war alles, was man sich wünschen konnte. Es ist natürlich, sagte er, selbstverständlich ganz Ihre Sache, ob Sie zu- oder absagen wollen, aber der Mann, zumindest seine Stimme, habe sich, soweit er das beurteilen könne, am Telefon keineswegs unsympathisch angehört.

Das tun Stimmen, die man durchs Telefon hört. Gib Schneewittchen den Hörer in die Hand und sie klingt wie die Garbo.

Viel fiel Chuck dazu nicht ein. Er wußte einfach nicht, wie er reagieren, was er seinem Freund antworten sollte. Haben Sie nicht einen netten Dichter auf Lager? Einen, der nette Gedichte schreibt? Etwas zum Thema, muß aber nicht sein? Was für ein Thema? Wie kamen sie ausgerechnet auf ihn? War er empfohlen worden, von wem? War das alles, was ihm als Schriftsteller gelungen war, nicht ernst genommen zu werden – oder eben ernst genommen zu werden von den total falschen Leuten? Und das Publikum, wollte Chuck wissen, was ist damit? Was sind das für Leute?

Frauenärzte mit ihren Frauen, soweit er das verstanden habe. Die Firma, die das alles bezahlt, wünsche sich für sie ein wenig etwas Besonderes, etwas gehobene Unterhaltung, nicht viel, nichts allzu Anspruchsvolles natürlich, das Richtige eben für den Anlaß. In der Regel sei es so, daß die Leute gerne lachen.

Was Chuck noch weniger komisch fand. Was für ein Anlaß?

Na ja, was weiß ich! Eine Feier. Eine gesetzte Tafel. Ein Essen. So was findet doch am Rande von Ärztekongressen immer irgendwo statt.

Und der Gastgeber, das heißt der, der das zahlt, ist ein Pharmakonzern?

Das vermute ich, ja.

Pharmakonzerne und Ärzteverbände, Händler und Heiler, rund um die Uhr damit beschäftigt, für die Medikamente, die sie produzieren, Krankheiten zu erfinden. Eine beschämende Allianz.

War es nicht Huxley, der gesagt hat: Die Medizin ist so weit fortgeschritten, daß niemand mehr gesund ist?

Was dann, weil sie reich werden dabei, die einen wie die anderen, natürlich gebührend gefeiert werden muß.

Ich bin ganz Ihrer Meinung. Sehr reich werden.

Stinkreich. Bevor sie alle der Teufel holt!

Chuck wurde schlecht bei der Vorstellung, zwischen Hauptgang und Dessert den Dichter zu geben, auch wenn er keine Ahnung hatte, was genau für ein Publikum das sein würde, Frauenärzte. Er kannte keine. Wenn er Beschwerden hatte, egal welche, ging er jedenfalls nicht zu einem von ihnen. Er erinnerte sich, das war alles, an den Besuch bei einer Fachärztin für Urologie, in deren Praxis er sich Handgriffe gefallen lassen mußte, die ihm Herzklopfen verursacht hatten, und auf dem Grund seines Herzens die altbekannten, üblichen Unsicherheiten eines Mannes, der sich der Befehlsgewalt einer Frau ausgeliefert sieht und, buchstäblich bis aufs Hemd, seine Selbstachtung verteidigt. Trotzdem dachte er gern daran zurück. Eine Praxis in einem der vornehmeren Vororte Münchens, ein Durchschnittstag, der Himmel weit weit weg. Vielleicht wäre genau das die richtige Geschichte für Frauenärzte und ihre Frauen, die Geschichte seiner Demütigung, der Demütigung so vieler Männer seines Alters, und seiner vielleicht ebenfalls altersbedingten, in jedem Fall aber törichten Hoffnung, daß sie für die Minuten, auf die es ankam, seine Geliebte werden würde, was den Glücksfall, daß sie sich verführen ließ, voraussetzte; die handelnden Personen natürlich der Obhut erfundener Namen anheimgegeben.

Nicht gerade umwerfend aufregend, wie sein Freund am anderen Ende der Leitung meinte. Die übliche Sache, nehme ich an, eine, unter der eben auch Schriftsteller leiden, sogar die Großwildjäger unter ihnen.

Unter was? Der Vorstellung, Frauen erlegen zu wollen?

Inkontinenz. Impotenz. Was noch? Angst vor einem Tumor, einem Karzinom. Kennen Sie den Brief, den der junge Proust an einen gewissen Linossier schrieb, einen Arzt und Kollegen seines Vaters? Haben Sie einen Moment noch Zeit?

Hab ich, versicherte Chuck und hörte, wie er den Hörer weglegte und aufstand, um nach einem Buch zu suchen, eines von Tausenden, die ringsherum in den Regalen oder in schwankenden Stapeln auf dem Boden standen. Soweit war Chuck, was Proust anging, zumindest informiert, daß der nie eine Frau auch nur berührt, geschweige denn umgelegt hatte. Ob er seiner Haushälterin, der treuen, alten Celeste, und sei's nur zum Dank, die Hand gegeben hatte, auch nur einmal?

Hier, sagte sein Freund, und Chuck hörte das Umblättern in einem Buch. Warten Sie, ich hab's gleich. Ich hab mir diese eine Stelle nämlich in dem Band mit seinen Briefen extra mit Bleistift angestrichen. Er suchte nach der Stelle. Siebenhundertvierunddreißig Seiten, was nicht einmal die Hälfte seiner Korrespondenz insgesamt darstellt. Unglaublich. Chuck stellte sich seinen Freund auf der Leiter seiner Bibliothek vor, seine schweißtreibenden Klettertouren wie Gymnastikstunden absolvierend, rauf, runter, rauf, runter.

Aha, ja, hier. Hier ist er, Brief an Doktor Georges Linossier. Er schreibt da: »Seit Jahren uriniere ich ausgesprochen spärlich« ... und weiter: »Oft – und ungenügend –

gehe ich aufs WC und immer uriniere ich mehrmals … Einmal ungefähr alle vierzehn Tage nehme ich während des Abendessens eine Abführpille, die mich in den folgenden vierundzwanzig Stunden sieben-, achtmal oder noch mehr aufs WC gehen läßt.«

Kommt mir bekannt vor, dachte Chuck. Man steht mit offener Hose da, es tropft, einmal, zweimal, wenn man Glück hat. Daß es ein Jahrhundert vor Chuck selbst einen Unsterblichen erwischt hatte, für welchen Sterblichen wäre das kein Trost. Man vergißt es ja gern, daß so einer nicht nur schrieb, sondern irgendwann eben auch pinkeln mußte – da konnte er mit noch so boshafter Genauigkeit über die Abendtoilette von Mademoiselle de S. oder die Vulgarität der Seidenbezüge auf den Möbeln der Madame G. plaudern –, daß er mit kalten Händen und Füßen im Bett lag und gleichzeitig fror und schwitzte (und entsprechend roch). Es gab das alles. Es gab ihn wirklich! Es gab ihn als Person, als Lebewesen, eines mit krankhafter Unruhe im Magen- und Darmbereich, mit Ausdünstungen und Blähungen. Das Genie, das Abführmittel schluckte.

Es war irgendwie absurd gewesen, hell, ungemütlich und etwas absurd. Chuck war, noch bevor er sie überhaupt zu Gesicht bekam, von einer pummeligen jungen Arztgehilfin mit einem Becher zur Toilette geschickt und um eine Portion Urin gebeten worden – und mit dem in der Hand hatte sie ihn begrüßt und sich, man sah es ihr an, über den Anblick, den er bot, amüsiert, vermutlich auch über die Verwirrung, die sie in ihm auslöste. Ihr Sex-Appeal war so unübersehbar wie der Dotter auf dem Spiegelei.

Na dann, sagte sie, nahm ihm den Becher ab und reichte ihn weiter. Tut mir leid, sagte Chuck – und meinte damit die geringe Menge, die er abgeliefert hatte. Ich mach das immer so, daß ich vor einem Arztbesuch noch einmal ... na ja, das nächste Mal denk ich dran.

Gut, tun Sie das, meinte sie trocken und bat Chuck, ihr ins Sprechzimmer zu folgen.

Wenn sie wenigstens häßlich gewesen wäre! Oder einfach nur eine freundliche, humorvolle, irgendwie mütterlich wirkende Frau. Aber sie war eine Augenweide, ein, wie Onkel Theo gesagt hätte, wirklich knöpfesprengendes Weibsbild, eine wuchtige, aber auffallend attraktive Person, eine, die Männer zum Vibrieren bringen konnte, ein ganzes Männergefängnis, und deshalb für einen wie Chuck gefährlich, und mehr als das, weit mehr. Er sah, was er sah – und entwickelte insgeheim bereits Besitzansprüche. Es war nicht nötig, von Frauen mehr wissen zu wollen, als was die Augen wissen.

Chuck erinnerte sich, wie er einmal dem Atelier einer einstmals gefeierten, seit langem aber von der Kunstwelt vergessenen Bildhauerin einen Besuch abgestattet hatte, einer gewissen Madame Rousselle, einer älteren weißhaarigen Dame, die, als er eintrat, einem jungen Mann, offenbar ihrem Assistenten, ihre bis zum Filter gerauchte Zigarette aushändigte und ihm auftrug, für sie und ihren Gast Tee aufzubrühen. Der Raum war so groß, wie die Person klein war – und sie sprach zu ihm von Proportionen, den Größenverhältnissen eines Körpers, dem Verhältnis der Körperteile zueinander (»eine trügerische Angelegenheit«) und nahm dann ein Tuch von einer bronzenen Figur, einem weiblichem Torso, betrachtete ihn und legte ihre zierliche, aber kräftige Hand auf das, was ein Schenkel sein mochte. Sie forderte Chuck auf, es ihr gleichzutun. Man muß es anfassen, erklärte sie, Fleisch muß zu Fleisch. Ihre Hand glitt über die Oberfläche der Figur. Los, sagte sie streng, nur keine Hemmungen. Das ist gutes, rundes, gesundes Fleisch, genau die richtige Portion davon und in den richtigen Proportionen. Sie machen nur, was Sie berühren, lebendig.

Sie bemerkte seinen Blick. Was schauen Sie denn so?

Genau das sagte jetzt eine andere Stimme zu ihm. Und fügte hinzu: Ist Ihnen nicht gut?

Wie gern hätte er die Ärztin jetzt auf die von Madame Rousselle empfohlene Weise berührt und lebendig werden lassen. Aber das war sie ja, sie war ja lebendig. Und im Gegensatz zu dem Kunstwerk hatte sie die richtigen Sachen an den richtigen Stellen; und so stand sie auch da, nicht wie jemand, der nichts zu bieten hat. So sah keine aus, die ein unglückliches Leben zum Gegner und einen unpassenden Ehemann zum Feind hatte. Und viel konnte sie, auch das konnte er sehen, unter dem praktisch bis zum Brustbein aufgeknöpften weißen Kittel nicht anhaben. Er merkte gerade noch rechtzeitig, daß er – wie lange schon? – aufgehört hatte zu atmen.

Chuck empfand es als unverdiente und ungerechte Bestrafung, sich ausgerechnet jetzt darauf konzentrieren zu müssen, nur als Patient mit Verdacht auf eine Reizblase funktionieren zu dürfen. Er empfand es als Zumutung, mit einer Frau, deren Schönheit zu preisen die Aufgabe der Poesie und deren Weiblichkeit zu huldigen einmal das Privileg der Dichter gewesen war, über etwas so Prosaisches wie seine Blasenschwäche reden zu müssen, Fragen beantworten zu müssen nach seinem Harndrang, der Regelmäßigkeit oder Unregelmäßigkeit desselben, seiner Stärke oder, besser gesagt, der bescheiden tröpfelnden Dürftigkeit seines Harnstrahls, und dann auf eine Handbewegung reagieren zu müssen, die ihm nahelegte, sich seiner Hose und natürlich, ja bitte, gleich auch noch seiner Unterhose zu entledigen, während seine Gedanken, diese in diesem Moment zu einem glühenden Klumpen zusammengeschmolzene Materie seiner Gedanken, mit dem Versuch beschäftigt waren, die verborgenen Strukturen einer Verführung verstehen zu wollen – beschäftigt mit der Frage, auf was die Sache, falls er sich nicht schnellstens wieder würde beruhigen und entspannen können, hinauslaufen könnte und ob sie nicht vielleicht längst auch mit dem Gedanken spielte, zur Sicherheit jedenfalls erst einmal die Tür abzuschließen, wenigstens das. Wie viel Einverständnis konnte er im Ernstfall voraussetzen? Wie ihn herbeiführen?

Sie fixierte ihn mit ihren großen, irgendwie silbrig schimmernden Augen – und schien zu überlegen, ob dem Mann, der ganz offensichtlich nicht nur Probleme mit seiner Blase, sondern auch mit der Dressur seiner libidinösen Energien hatte, nicht vielleicht ein Psychiater und in Folge eine Frau, die ihn unter ihre Fittiche nahm, weiterhelfen könnte, eine Frau, die ihm im Bett an die Kehle ging. Andererseits, richtig unsympathisch, das mußte sie zugeben, waren ihr Draufgänger nicht. Sie hatte schon immer was übrig gehabt für Männer, die sich auf Komplimente verstanden. Männer, die Witz hatten, Einfälle, und einen nicht einfach aus trüben Augen indiskret anglotzten, und das lange genug, daß man zu einer

Reaktion, die man an sich vermeiden wollte, gezwungen war.

Ein Versuch, fand Chuck, war die Sache allemal wert. Er war es sich selbst wert, bevor die Hüllen fielen, und höchstwahrscheinlich nicht zu seinen Gunsten.

Das war wunderbar. Machen Sie das doch bitte noch mal, sagte er, bitte.

Was machen? fragte sie.

Das, sagte Chuck. Das mit den Augen.

Sie verstand nicht. Sie konnte auch nicht sagen, was das für ein Gesicht war, in das sie schaute, und noch weniger, was der, der sie anschaute, in ihrem sah.

Er hatte den Tonfall gefunden, Chuck spürte es. Und auch, daß er endlich wieder Boden unter die Füße bekam. Sah sie nicht aus, als suche sie sein Gesicht nach Anzeichen seiner Fähigkeit zur Diskretion ab? Sah es nicht ganz danach aus, als stünde sie kurz davor, rot zu werden? War es nicht längst eine Frage der nächsten Sekunde, daß sie mit einem leise gehauchten Seufzer zur Tür schritt, den Schlüssel umdrehte, zum Tisch zurückging, zum Hörer griff und die Sprechstundenhilfe anwies, niemanden durchzustellen?

Nein, Chuck, nein, tut mir leid! Bleiben wir bei der Wahrheit. Sie wurde nicht rot, nicht annähernd, sondern nur langsam ungeduldig angesichts eines Patienten, der sich verausgabte, ihr imponieren zu wollen. Sie nahm sich vor, sich bei Gelegenheit bei Dr. Jansen, der es schließlich war, der ihn geschickt hatte, nach dem Kerl zu erkundigen. Der werte Herr Kollege war ja auch so einer, der gern was anstellte! Warum also den Humor verlieren! Außerdem war sie neugierig.

Was meinen Sie, was mit den Augen?

Sie tanzen lassen, sagte Chuck. Wenn das eine Frau kann, Kompliment! Mit den Augen tanzen können. Nein? Ich meine, das ist doch was! Das ist, wie wenn man die Welt anschaut, wenn die Sonne scheint. Man sitzt in der Sonne, nichts tut einem weh, und die Sonne scheint. Man schließt die Augen und die Sonne scheint, und ist glücklich. Ein Zustand reinen Glücks, der die Haut kitzelt, in jede ihrer Poren eindringt und mit Wärme verrückt macht! Nichts anderes versuchte Chuck gerade, und war jetzt ganz in seinem Element. Er hätte am liebsten auch noch die Sonne höchstpersönlich zu Wort kommen lassen, als Komplize, als strahlender ewiger Zeuge zu seinen Gunsten. Und war es nicht so, als müßte man nur kurz das Fenster öffnen, um sie reden zu hören?

Er schloß mit übertriebener Langsamkeit seine Augen und hätte dabei fast seinen Kaugummi verschluckt, und mußte dann selbst lachen. Selbst mit geschlossenen Augen sieht man sie tanzen.

Sie fand den Einfall nicht ganz ohne Charme, und auch die Mühe nicht, die sich ihr Patient gab, unwiderstehlich zu wirken, schüttelte aber, und war sich da ihrer Sache ganz sicher, trotzdem den Kopf. Ich glaube, wir haben ein ganz anderes Problem, wir beide.

Stimmt, sagte Chuck.

Einverstanden, sagte sie, drehte sich zu der Behandlungsliege um, auf die sich Chuck gleich würde legen müssen, und strich das Papier darauf glatt.

Chuck ließ sich Zeit, sich seiner Kleidung zu entledigen. Eine Jeans aufknöpfen, das beherrschte er. Und den

Gürtel öffnen. Und Knopf für Knopf das Hemd. Es gab ihm einen Bruchteil jener Kompetenz zurück, die ein Mann, der sich auszieht, nicht ganz opfern kann. Und aufgepaßt, Chuck, dachte er, nicht am Ende in Socken herumstehen. Nicht vor ihr, nicht in diesem Zimmer! Nicht wie ein Idiot mit halb heruntergelassenen Hosen dastehen, und nicht in Socken.

Und was ihm dabei sonst noch alles durch den Kopf ging. Und wie es nicht aufhörte. Wie lieben Frauen wie sie? Wie waren sie privat? Auf hoher See sozusagen, wenn der Himmel die Engelsleitern entrollt? Frauen, die, wenn auch beruflich, männliche Genitalien begutachten, sie in die Hand nehmen, befühlen, sie um- und umdrehen? Fügt nicht, was sie da tun, ihrem Leben Schaden zu? Ihrem Lieben, ihrer Fähigkeit zu lieben? Kann die Seele vergessen, was Hände wissen? Was muß nach einem Tag, einer Woche, nach Jahren einer solchen Arbeit nach Feierabend passieren, daß sie das alles, einen Mann, seine Nacktheit, den dunklen Grund auch der eigenen Lebens- und Körpersäfte wieder ernst nehmen? Eigentlich, dachte Chuck in seiner ganzen Hilflosigkeit, sollte man lieber sterben wollen, als diese Lächerlichkeit ertragen zu müssen.

So, sagte sie, nahm ihre Finger von seinem Dings und überreichte ihm einen Becher. Wenn ich nun noch um ein Ejakulat bitten dürfte?

Das auch noch, dachte Chuck.

Es war Vormittag, irgendein Tag einer ganz normalen Woche. Er hörte, was auf der Straße unten los war, den üblichen Lärm. Er sah die Bushaltestelle gegenüber, wo er ausgestiegen war. Und zwischen ihm und der Welt, die es gab, stand sie, die er am liebsten aufgefordert hätte, ihm die Arbeit abzunehmen.

Wie machen Männer das?

Sie zeigte mit dem Kinn auf eine Tür. Sie gehen da rein und machen es.

Aha, sagte er, rührte sich aber nicht von der Stelle. Sie gehen da rein und machen es? Ich meine, einfach so?

Es liegen Zeitschriften aus, sagte sie. Das war deutlich.

Chuck schaute erst sie an, dann den Becher, den sie ihm in die Hand gedrückt hatte, und dann wieder sie. Aha, Zeitschriften! Nette kleine schmutzige Heftchen! Und vermutlich nicht einmal eines der etwas härteren Gangart darunter. Wer, fragte sich Chuck, mag sie ausgesucht, gekauft und damit über ihren praktischen Nutzen, ihre erotische Verwendbarkeit entschieden haben? Doch nicht sie etwa? Oder doch? Und wenn es so war, woher hatte sie ihre Kenntnisse, was Männern Appetit macht, was sie brauchen, um das Gewünschte zu liefern, was ihre Phantasie erregt, und zwar todsicher, sozusagen prompt und zuverlässig? Es waren die armen Samenspender doch wohl angehalten, nicht zu lange herumzutrödeln?

Es war seine letzte Chance. Ob er sie nicht doch einfach packen und in das besagte Zimmer nebenan verfrachten sollte? Ganz nach dem weisen Spruch des Großen Vorsitzenden: Das ist es auch nicht, sich sein ganzes Leben anständig zu verhalten?

Und Sie, sagte Chuck, Sie halten sich da einfach so raus?

Es war, als habe er, wenn auch nur mit Worten, das Verbot der Berührung übertreten, sie mehr noch als mit Blicken zum Duell gefordert. Als Drehbuchautor wäre

Chuck mit der Szene zufrieden. Das Duell als Basisentwurf der Schöpfung! Oder sollte man es *Des Mannes ewige Suche nach Beute* nennen? Plötzlich jedenfalls, er spürte, wie es ihm die Nerven im Genick zusammenzog, war etwas in der Luft, das bisher gefehlt hatte. Zunder! Für einen Augenblick standen sich nicht eine Ärztin und ein Patient männlichen Geschlechts gegenüber, sie im weißen Kittel, der Uniform ihres Berufsstandes, er entblößt, mit nichts als einem schon ziemlich ramponierten Muhammad-Ali-I-Am-The-Greatest-T-Shirt am Leib, sondern Gegner, Feinde, die guten alten Feinde, ein Mann und eine Frau. Was wie die Geschichte von der Katze und dem Matrosen war, die es auf eine einsame Insel verschlagen hatte und die eines Tages Besuch von einer Meerjungfrau bekamen. Den Rest können Sie sich denken. Die Katze stellt sich einen ganzen Fisch, der Matrose eine ganze Frau vor.

Nun? sagte sie.

Ja, dachte Chuck, was nun? Und tat sich fast selbst leid dabei. Was für eine Erleichterung wäre es jetzt, auf jemand eifersüchtig sein zu können, auf einen Zauberer – nur daß wir uns da nicht falsch verstehen, würde Chuck sagen, einen wirklichen Zauberer, und nicht etwa einen geschickten kleinen Schwindler –, auf einen Meister seines Fachs, einen Helden der Kunst, eine Frau umzubetten in Luft, sie frei schwebend zu liebkosen, sie geduldig und ohne jede Verlegenheit zu entkleiden, sie, sobald es dann soweit wäre, verschwinden zu lassen, nur noch für den sichtbar, der sie hielt. Aber wozu Wunder, wo sie selbst eines war! Sollten sie sich irgendwann in der Stadt zufällig noch einmal über den Weg laufen, vielleicht könnte er sie wenigstens dazu ermutigen, über den Sinn verpaßter Chancen zu meditieren.

Mehr war nicht. Mehr stand nicht im Skript. Ihre Stimme war wie der Schwamm, der die Tafel, die Chuck vollgekritzelt hatte, leer wischte.

Okay, sagte Chuck, dann mal ran an die Arbeit. Und bat unsichtbare Engel, ihm bei der Verrichtung dieser Arbeit gnädig zur Hand zu gehen.

Es hatte lange gedauert, bis Chuck zu dem, was man Pharmaindustrie nennt, mehr einfiel als der Arzneischrank seiner Eltern, aus dem alles herausfiel, sobald man ihn öffnete, ein kleiner unscheinbarer verbeulter Blechkasten im Badezimmer, in dem er Geheimnisse vermutete. Er hatte regelrecht Herzklopfen, wenn er ihn öffnete, was er nur dann tat, wenn er sicher war, daß niemand ihn beobachten konnte, denn er hatte, sobald er sich dem Kästchen auch nur näherte, immer das Gefühl gehabt, etwas Verbotenes zu tun. Er hatte keine Ahnung gehabt, keine Informationen, bis er viel später begriff, was all diese Mittelchen in Wahrheit waren, Munition! Es ist ein Krieg, aber nicht einer, der gegen Krankheiten geführt wird, sondern einer einiger Konzerne um Geld, um schwindelerregende Summen. Ein Multi-Milliarden-Gewerbe. Man kann davon, wenn man bei Verstand ist, keine Vorstellung haben, nicht annähernd.

Hallo? Sind Sie noch dran?

Bin ich. Ich habe nur einfach zugehört.

Gut, wo waren wir stehengeblieben?

Daß die Sie einladen wollen. Und daß Sie mir sagen, ob Sie einverstanden sind.

Mit was, verdammt noch mal, soll ich einverstanden sein? Man muß sich das mal vorstellen, falls einem das gelingt. Da verdient diese Bande, zumindest einige wenige Firmen, mit Kriegen wie denen in Vietnam, in Laos und Kambodscha mehr Geld als die Rüstungsindustrie und die Meute der Waffenschieber zusammen, mit nichts als mit Aufputschmitteln, mit Psychopharmaka, mit ›go-pills‹, wie die Dinger heißen, die jeden, der sich damit andröhnt, scharfmacht. Im Krieg gegen den Irak, dem ersten, soll jeder zweite Soldat das Zeug intus gehabt haben. Die sollen damals, hab ich mal gelesen, acht Milliarden Einheiten Amphetamin im Jahr an ihre Jungs verteilt haben. Acht Milliarden! Und das nur, damit sie rausgingen und alles, was sich bewegte, abmurksten, und das nicht nur eiskalt und professionell, sondern richtig mit Spaß, ohne im geringsten in Konflikt zu geraten mit irgendeinem Rest menschlichen Gefühls. Sie wünschten sich wahrscheinlich, es diesen asiatischen Ratten, jedem einzelnen von ihnen, nicht noch gründlicher besorgen zu können. Kein Toter war tot genug, um ihm nicht noch eine endgültig letzte Ladung zu verpassen. Die kleinen runden Scharfmacher waren von einer Beschaffenheit, um Soldaten problemlos und zuverlässig zu Mördern zu machen, und das drei, vier Tage rund um die Uhr. Man hätte sie für den Wahnsinn, der auf der Tagesordnung der Militärs stand, nicht besser präparieren können. Wie man mit den von ihren Kampfeinsätzen bis zum Irrsinn erschöpften, zu Krüppeln geschossenen Kreaturen später, in Friedenszeiten, fertig werden sollte, stand auf einem anderen Rezept; falls es nicht besser war, sie gleich als hoffnungslose Fälle auszusondern und in Kliniken oder gleich in geschlossene Anstalten zu überweisen, den ganzen wild zusammengewürfelten Haufen, die Angsthasen und die Draufgänger, die alten Haudegen, die Patrioten und Kriminellen, die, die vor dem Töten Angst, und die, die Spaß dabei gehabt hatten.

Wie die Spiegel entzerren, in die wir blicken? Aber Schwamm drüber. Und zum Teufel mit der ganzen Bande. Es ist ja nicht alles Dynamit, was sie anzubieten haben. Es kann ja nach einer Sauftour ganz nützlich sein, genügend Aspirin zur Hand zu haben.

Chuck machte schlapp. Er hatte sich verausgabt. Und es tat ihm, als er registrierte, daß er nicht ein Mikrophon, sondern einen Hörer in der Hand und am anderen Ende einen unbeteiligten, unschuldigen Zuhörer in der Leitung hatte, auch leid, sich in Rage geredet zu haben, geradeso, als habe er sich in dieser Frage persönliches Versagen vorzuwerfen. Aber Chuck war so einer, der, wenn er erregt war, ohne Schalldämpfer redete. Etwas in ihm war noch immer besessen von Idealen, die keine Konjunktur mehr hatten, altmodische Ideale wie Gerechtigkeitssinn, Anständigkeit, ein bestimmtes Quantum davon, Ideale, die zu verlieren er mehr fürchtete als Hunger oder Erfolglosigkeit oder den Untergang der Welt. Er entschuldigte sich und versuchte, wieder normal zu atmen. Übrigens, was nehmen Sie denn so?

Ich?

Keine Drogen? Pilze? LSD? Marihuana? Nichts? Nicht mal ein bißchen Opium?

Das war es, was Chuck bis heute bedauerte, nie selbst welches geraucht zu haben, nicht mal ein bißchen, eine Droge, vor der er die größte Hochachtung hatte. Ja,

Hochachtung war das richtige Wort! Es gab nicht viel, was ihn verlockt hätte, nach Katmandu oder Saigon oder überhaupt nach Asien zu fliegen, aber Opium wäre eine Option. Eine Opiumhöhle, einmal nicht in Technicolor! Selbst Antworten suchen auf all die Fragen, die sich Chuck, wenn er an Opium dachte, gestellt hatte. Er hatte sich dazu sogar regelrecht Notizen gemacht, Fragen, nichts als Fragen. Hier ein kleiner Auszug:

Wie ist der Zustand, den Tod hinter sich zu lassen?
Welche Farbe hat die Ruhe eines vom Opium Berauschten?
Künstlich gesteuerte Seele? Schiffbruch? Ankunft auf Paradiesen?
Ist Opium die Rache des Ostens am Westen? Rache an der Barbarei der Beschleunigung, der Erfindung immer schnellerer Geschwindigkeiten?
Auf dem Nachhauseweg gestern in der U-Bahn ein Plakat gesehen, Werbung einer Internet-Firma. Vorsprung durch Tempo! *war da zu lesen gewesen; was für eine erbärmlich dumme Behauptung.*
Gedichtzeilen von Hermann Hesse:
Hände laßt von allem Tun,
Stirn vergiß du alles Denken,
Alle meine Sinne nun
Wollen sich in Schlummer senken.
Ein Loch in die Zeit brennen?
Schlaf und Wachen, Interesse und Gleichgültigkeit – alles eins?
Unruhe, die in Rauch aufgeht?
Schwarz glühendes Unglück. Visionen, welche?
Opium räumt auf (stelle ich mir vor!) – wie eine Pyramide,

die im Sand aufragt, mit der Architektur der Zukunft aufräumt?
Das Leben stirbt nicht, es sterben die Leben.
Träumer auf Besuch bei Träumen.
... eine Sättigung herrlicher Zeichen, die im Licht ihrer fehlenden Erklärung baden (Godard)

Einmal, auf einer Gesellschaft, wurde er einem Mann vorgestellt, einem, wie man ihm sagte, professionellen persischen Märchenerzähler, der, als er ihn auf Opium ansprach, ohne großes Aufhebens, als sei es die natürlichste Sache der Welt, erzählte, daß er damit aufgewachsen sei, sein Vater habe es geraucht – zur Entspannung, ebenso sein Großvater und alle seine Onkels. Er selbst rauche es, wenn er in den Iran reise. Wo er herkomme, rauche jeder, der Bäcker, der Automechaniker, der Professor für Philosophie, und jeder gehe seiner Arbeit nach. Es sei, in Maßen genossen, reine Medizin, wenn man nicht, wie das die Armen tun und die Süchtigen natürlich, auch noch den Rest, der in der Pfeife zurückbleibe, rauche, das Destillat, die Essenz.

Was dieser Mann sagte, war nicht, was Chuck erwartet hatte und hören wollte. Da konnte man ja, wenn es nur um Entspannung ging, gleich beim Haschisch bleiben, beim Whisky, Wein oder, o Gott, beim Bier. Er mußte ihm die Enttäuschung angesehen haben. Haben Sie ein Problem, fragte er, schaute sich um, entdeckte jemand und ließ ihn stehen. Tatsache blieb, daß es nicht zu bekommen war. Es gab keinen Markt. Es war nicht in Mode. Er kannte auch keinen, dem er diesen Wunsch hätte anvertrauen können, noch dazu mit der berechtigten Hoffnung, von ihm zum richtigen Ort geführt oder wenigstens, auf wie vielen Umwegen auch immer, mit den richtigen, der Sache kundigen Leuten bekannt gemacht zu werden – und wie gerne hätte er den Mann aus Isfahan darum gebeten.

Nach der Lektüre von *Der stille Amerikaner* von Graham Greene hatte ihn, nachdem er es fast vergessen hatte, noch einmal die Lust gepackt, endlich doch noch in den Genuß von Opium zu kommen. Aber was tun? Er kannte keine Phuong. Er kannte auch keinen dubiosen Antiquitätenhändler, keinen Diplomaten, keinen News-Korrespondenten mit entsprechenden Verbindungen. Er ging einige ihm bekannter Ärzte durch, die vielleicht weiterhelfen könnten, und rief sogar einen an. Er war nicht einmal erstaunt, was der von ihm geschätzte Schriftsteller auf dem Herzen hatte, und wäre bereit gewesen, Chuck ein Suchtgiftrezept auszuschreiben, aber selbst damit käme er nur an eine Tinktur – »und von der kriegen Sie Verstopfung!«.

Er speiste danach – was tut man nicht alles für die Hoffnung auf ein Kügelchen Opium – eine Zeitlang nahezu ausschließlich bei Asiaten, bei unauffällig in Nebenstraßen versteckten Chinesen und Vietnamesen, und konzentrierte sich, während er in den Speisekarten blätterte, mehr auf das Personal als auf die Liste der Speisen und seinen Appetit. Er versuchte auch auf Märkten herauszufinden, wie die Chancen standen, mit dem einen oder anderen Orientalen in ein Gespräch zu kommen; was sich ebenfalls als aussichtslos herausstellte – und ihm dann auch reichlich kindisch vorkam.

Also ging er eben wieder zum Italiener.

Chuck hätte darauf gewettet, daß es bei seinem Freund, sobald von Drogen die Rede war, wieder mit dem Stottern losging. Aber der lachte nur. Na ja, morgens unter die kalte Dusche, und Luft anhalten. Aber es hilft, auf die Beine zu kommen.

Kalt duschen? Wie oft hatte Chuck in seinen schlimmsten Stunden genau das getan. Wie verzweifelt hatte er versucht, auf die Beine zu kommen, zu Verstand zu kommen, den Depressionen zu entkommen, die das Kokain aufwirbelt wie ein Reifen staubigen Dreck. Chuck wie er nackt in der Wanne steht, in der Hand den Duschkopf, im Herzen die Bitte, ein anderer Mensch werden zu dürfen, endlich aufzuwachen, nicht nur wach zu werden – die Erinnerung daran tat weh wie Eiswasser. Das schaff ich nicht mal, wenn es wirklich nötig wäre, um nach einem lustigen Abend wenigstens halbwegs wieder nüchtern zu werden. Ich denk halt immer noch, daß Zähneputzen zur Not auch hilft.

Ich hatte mal eine Bekanntschaft, die Gras rauchte. Das Zeug roch gut, doch, ich mochte es, aber offenbar macht es die Leute, wie soll ich sagen, ein bißchen albern.

Sie meinen, anstrengend?

Ja, anstrengend. Aber das war sie ohnehin, auch ohne das. Sie sagte, sie brauche es, um abzuschalten. Aber sie legte noch einen Zahn zu. Sie redete sehr viel, wenn sie geraucht hatte, was jedes Treffen mit ihr, die ohnehin viel redete, noch anstrengender machte – und einen mit unerklärlicher Traurigkeit erfüllte. Sie ...

Chuck fragte sich, was sein Freund eigentlich über ihn wußte, über ihn als Person, über sein Leben, seinen Umgang mit Prostituierten, Boxern, anonymen Gestalten aus dem Milieu der Unterwelt, in dem er sich so lange so wohl gefühlt hatte; ob es ihn überhaupt interessierte, darüber etwas wissen (oder gar lesen) zu wollen. War das für ihn, wie die Frauen und die Liebe, auch eine Sache der Schriftsprache? Eine Andeutung oder etwas, was man als solche hätte deuten können, hatte es nie gegeben, Chuck konnte sich nicht erinnern. Aber er war damals, als Alkohol und Mädchen sein Problem waren (und dann das Kokain die Mädchen ersetzte), noch gar nicht mit ihm in beruflichem Kontakt gewesen. Und der Ungar, sein damaliger Ansprechpartner im Verlag, war, was die vita activa eines Drogensüchtigen anging, komplett ahnungslos; mit Verständnis und Vergebung durften bei ihm allenfalls Alkoholiker rechnen. Er zitierte, was die anging, gern den heiligen Seraphim: Um den Frieden Deiner Seele zu bewahren, hüte Dich, über andere zu urteilen.

Sie wollte dann immer, daß ich ihr zuschaue, wie sie Musik hört. Ich war einverstanden. Hör du ruhig deiner Musik zu, sagte ich ihr, und schloß die Augen. Das ist keine Musik, protestierte sie, das ist die Callas!! Aber mehr als eine beschwingte redselige Schwärmerei lösten bei ihr die extremen Gefühlsäußerungen dieser außerordentlichen Stimme nicht aus. Es war, wie gesagt, mit ihr alles ein wenig anstrengend, aber schließlich wollte ich sie ja nicht heiraten. Und auch rauchen wollte ich nicht, obwohl sie mich bedrängte und mir ihre mit Gras gefüllte Zigarette hinhielt, weil sie fand, daß ich die Mischung unbedingt ausprobieren sollte: Marihuana und Maria Callas!

O Gott, sagte Chuck, tut mir leid. Er war froh, das Thema fallenlassen zu können. Damit werden sie uralt, keine Drogen und jeden Morgen kalt geduscht.

Chuck fiel die gute Emilie ein, seine Großmutter, die noch als Achtzigjährige jeden Morgen die Dusche aufdrehte, und zwar kalt. Sie hieß deshalb, nachdem sein Vater es einmal im Spaß gesagt hatte, in der Familie nur noch ›die kalte Emilie‹! Was sie nicht weiter störte, weil sie schwerhörig war. Aber was von ihrem Schwiegersohn zu halten war, wußte sie auch so. Nicht viel, weniger als nicht viel. Sie hatte mehr als nur vage Vorbehalte gegen einen Mann, der gerne vom Krieg erzählte und dessen gerahmtes Porträt, ein Schwarzweißfoto in der Uniform eines Offiziers der Luftwaffe, noch immer einen Ehrenplatz im elterlichen Wohnzimmer einnahm, wo es gut sichtbar auf einer Kommode thronte. Sie mochte ihn nicht. Sie mochte die Art nicht, wie zufrieden er war mit seinem Leben damals, damals im Krieg, seine Stimme, wenn er davon erzählte, seine Ansichten darüber, was richtig gewesen war an all dem, was man Krieg nennt. Sie mochte ihn so wenig, daß sie ihm nicht einmal mehr widersprach. Sie hatte es aufgegeben. So etwas, sagte sie und schüttelte den Kopf. Es hatte also, was war, kein Ende, immer noch nicht. Sie verstand es nicht. Sie verstand so etwas nicht. Es gab nichts, was sie zwingen konnte, es zu verstehen. Heiliger Gott! Großer barmherziger heiliger Gott! Nichts gab es, außer Ausreden. Und die Dummheit gab es, das ganze ewige Elend der Dummheit. Und es gab mehr als genug Beweise, daß die Welt auf sie hörte, auf die Dummen. Selbst die, die Verstand hatten, hörten ihnen zu, denn das waren sie, die Dummen, sie waren schlau, sie waren schlau und laut und zäh und zu viele. Was zählte da, daß die Welt schön war, daß es das alles wie zu der Zeit, als sie noch ein junges Mädchen war, noch immer gab, Jahreszeiten und Farben und den Himmel und Regentropfen und Schneeflocken – und den Glauben daran, daß die Dummheit dagegen machtlos war? Nein, dachte sie, wenn sie den Mann sah, in dessen Haus sie nur kam, um ihr Enkelkind zu sehen, wenn sie ihn sprechen hörte, zu seinem Kind, zu ihr, zu ihrer Tochter, die seine Frau war, nein, dachte sie, all das, was schön war, war nichts. Es war wertlos. Oder ich täusche mich, dachte sie, vielleicht. Es ist das Alter, dachte sie, es sind die alten Knochen, die Schmerzen. Es ist die Erinnerung, die, wenn man alt ist, näher und näher kommt, die Traurigkeit, die weh tut. Vielleicht.

So saß sie da, glättete mit den Händen den Rock über den Beinen und schüttelte den Kopf auch über sich, daß sie ihn jetzt, was immer er sagte, reden ließ, daß sie die Kraft nicht mehr hatte, ihn anzuklagen, den Krieg anzuklagen und Männer wie ihn, die so taten, als sei er etwas Großes, Großartiges gewesen. Sie war müde und alt. Sie hatte es hinter sich, sie hatte überlebt; was das einzige war, das der Krieg ihr gelassen hatte: ihr Leben.

Und natürlich war da eben der Junge, ihr kleiner Liebling, dem sie die Kränkung, einen wie diesen Mann zum Vater haben zu müssen, zwar nicht ersparen konnte, sie ihm aber zumindest erträglich machen wollte, auch wenn das Kind das alles noch nicht begriff und ohnehin nie hinhörte. Auch deshalb schwieg sie. Aber Chuck entging sie nicht, die stille, aber harte Feindschaft der beiden, und sie paßte ihm damals, mit seinem Dickschädel ohnehin immer wegen irgendwelcher Kleinigkeiten im Streit mit seinem Vater stehend, ganz gut in den Kram und hatte ihn so ganz automatisch in den Rang des von ihr vergötterten Lieblingsenkels befördert.

Sie war stolz auf ihn, daß er sich zu Hause nicht unterkriegen ließ, daß er Charakter hatte und den Willen, sich nicht alles, was sein Vater mit Härte und Kontrolle glaubte durchsetzen zu können, gefallen zu lassen. Ein schwieriges Kind? Ach wo, nur eben ein Kind, den die Ohrfeigen, die man ihm verabreichte, nicht beeindruckten, und der seinem Vater, wenn er sie austeilte, in die Augen schaute. O ja, mein Kind, dachte sie, schau hin, schau ihm in die Augen. Er stand es durch. Er war tapfer. Er war in den Augen seiner Großmutter ein Held, wenn es Prügel setzte – in seinen Augen natürlich auch! Wenn er sich mit angehaltenem Atem darauf konzentrierte, daß die Schläge nicht so weh taten, gab ihm die Vorstellung Kraft, er werde das Elternhaus verlassen, für immer, und nie mehr etwas von sich hören lassen. Und es half. Damit kam er über die Runden. Darauf kam es an, wenn er es richtig machte. Nicht nachgeben! Nicht jammern, wenn er ohne Essen auf sein Zimmer geschickt wurde; was die Gelegenheit war, ungestört weiter Fluchtpläne zu schmieden. Niemand war eingeweiht, auch seine Oma nicht, von der Chuck alles über Paris wissen wollte, das ausgeforschte Ziel seiner Träume. Ach was, Paris, schimpfte sie, da wimmelt es nur so von Franzosen.

Jetzt, wo sie es aufgegeben hatte, nahm das Kind den Kampf auf, kämpfte, kämpfte mit allem Mut, den ein Kind aufbrachte, und der es einem Mann, der die Nerven verlor, überlegen machte. So sah sie es, und es war gut so. Es gab auch ihr Kraft. Wie gern nahm sie ihn danach in den Arm. Guter Junge, sagte sie und steckte ihm, wenn niemand sie beobachtete, Geld zu und Süßigkeiten. Klar, daß es Chuck auch oblag, sie auf ihren Spaziergängen zum Friedhof zu begleiten, wo sie nachschaute, wer alles schon tot war, oder ihr die Pillen aufzuheben, die ihr runtergefallen waren; wobei er sich immer beeilen mußte, bevor der Hund sie im Maul hatte. Den ganzen Tag war sie damit beschäftigt, sie zu suchen, sie abzuzählen und, wenn es an der Zeit war, in der genau vorgeschriebenen Reihenfolge einzunehmen, morgens, mittags, abends, die einen nüchtern, andere während einer Mahlzeit, wieder andere danach, die einen mit Flüssigkeit, bestimmte andere ohne; was sie ganz schön auf Trab und munter hielt – und Chuck auch, der das alles in ihrem Sinn zu beaufsichtigen hatte. In irgendeiner hellen Minute hatte sie dann die Nase voll gehabt, buchstäblich, denn sie hatte zu allem anderen auch noch Schnupfen, wovon sie sich mehr als von ihren Herz- und Atembeschwerden, an die sie sich inzwischen irgendwie gewöhnt hatte, den Schmerzen in der Hüfte und, was vom Wetter abhing, der Taubheit in den Beinen belästigt fühlte. Sie fühlte sich von ihrer Hinfälligkeit gedemütigt, und als noch immer vornehme Dame, die nie ungeschminkt und ohne sich die Haare gerichtet zu haben das Haus verließ, von dieser launischen, einmal verstopften, dann wieder immerzu laufenden Nase wie von einem Kobold, der Witze riß, außer Kraft gesetzt. Kobold? Nein, ein boshafter kleiner Teufel, der einem seinen Auswurf ins Gesicht spuckt, und das alle fünf Minuten.

Auch an ihrem Grab war ein Besuch überfällig.

An sich mochten sich die beiden, Emilie und ihr Hausarzt. Aber als er sich, mit einem übertrieben besorgten Gesichtsausdruck auch noch, in ihre Schnupfennase einmischte und den Schnupfen nicht einfach einen Schnupfen, sondern *allergische Rhinititis* nannte und schon seinen Rezeptblock zücken wollte, da hat sie ihm – mit einem Kopfschütteln und der Bemerkung »Es reicht!« – eine geknallt.

Seinem Freund gefiel die Geschichte, vor allem natürlich die sympathisch resolute, herzhaft handgreifliche alte Dame, die sich nicht nur nicht hatte einschüchtern lassen von der Macht, die Ärzte haben, sondern zum Gegenangriff übergegangen war!

Der eingebildete Kranke stirbt an der Krankheit, die er sich einbildet. Es sterben die, die sich einbilden, gesund zu sein. Es ist ein einziges unaufhörliches Sterben in jedem. Und die Nachrichten häufen sich. Nur noch über Fußball reden sie mit dem gleichen Interesse. Stellen Sie sich vor, erzählte mir mein Friseur vor einer Woche und schlug mit dem Kamm gegen die Schere, ein Stammkunde, ein Mann, gerade mal fünfzig, kräftig, kerngesund, läuft, ob es regnet oder schneit, dreimal die Woche seine zehn, fünfzehn Kilometer, sieben davon bergauf, glücklich verheiratet, das auch noch, und rauchte nicht mal, und fällt von einer Minute auf die andere tot um, bumms, Herzinfarkt! Was sagen Sie dazu? Der Kellner in meinem Stammcafé, sage ich, ist seit acht Tagen im Dauereinsatz, weil der liebe Herr Kollege, noch quietschvergnügt letzte Woche, auf der Intensivstation liegt, einfach so. Na ja, er hat gehustet, aber Lungenkrebs? Die Verkäuferin nebenan in der Bäckerei, sagte mein Friseur daraufhin, so ein süßes kleines lustiges Ding, noch richtig mit Babyspeck und so und Sommersprossen, will mir gerade mein Wechselgeld rausgeben und lächelt mich noch an – und plötzlich lächelt sie nicht mehr, wird kreidebleich und bricht dann mit einem Schrei – einem Schrei, sage ich Ihnen! – zusammen. Daß Frauen schreien können, wußte ich, aber so? Er beugte sich zu mir herunter. Haben Sie mal eine Kolik gehabt? Nein? Aber ich! Man glaubt, man explodiert! Ein Schmerz wie ein Schuß! Das zu erleben, mein Freund, kann einem angst machen, richtig Angst!

Der Friseurladen war eine Art Kantine – mit dem Vorteil, nichts verzehren zu müssen, man mußte sich, um seine Anwesenheit zu rechtfertigen, nicht einmal die Haare schneiden lassen. Außer auf den Boden zu spucken (und Tätlichkeiten jeder Art) war alles erlaubt.

Man lebt, man stirbt, war es nicht einmal so? Heute stirbt man und schaut, daß man dabei halbwegs über die Runden kommt. Irgendwann stirbt man nur noch, und aus.

Einer, der zur Tür hereinkam und einen hinkenden Hund hinter sich herzog, verkündete noch im Mantel: Auf dem Mars ist Wasser gefunden worden!

Bei meinem Schwager in der Lunge auch, sagte der Friseur.

Ah ja?

Das ist es, dachte Chuck, die Angst, die Geschichten, die Schicksale! Da liegen die Profite, denn mit der Angst wächst der Hunger auf Hoffnung, und die steht in Gestalt eines Arztes vor einem, liegt in Form eines Rezepts, das er ausstellt, in deiner Hand und in Tablettenform beim Apotheker im Regal.

Während wir, sagte sein Freund leise und noch ein wenig melancholischer, als er ohnehin schon geklungen hatte, wir, die wir die Poesie lieben, die Bücher, die Literatur, auch Regale bestücken, die Regale von Buchhandlungen, auch mit Hoffnung. Aber wer hört noch auf Dichter? Wer liest sie noch? Wer versteht, was sie sagen? Wer nimmt, was sie sagen, als Information? Was sind wir, hoffnungslose Fälle? Das gedruckte Wort, erledigt?

Um ihn aufzuheitern, erzählte ihm Chuck von einem seiner Lektoren, mit dem er viele Jahre in einem anderen Verlag zu tun gehabt hatte, und von dessen Angewohnheit, jedem seiner Autoren zum Geburtstag einen Papierkorb zu schenken und als Grußadresse einen Satz von Samuel Beckett, seinem erklärten Lieblingsautor, immer den gleichen Satz, jedes Jahr wieder. »Es gibt zwei lohnende Momente beim Schreiben, den einen, wo man damit anfängt, den anderen, wo man es in den Papierkorb wirft.« Ich hab den Keller voller Papierkörbe, Papierkörbe in allen Farben. Ich könnte Ihnen, falls Sie mir Ihr Geburtsdatum und Ihre Lieblingsfarbe verraten, ja einen …

Es half nicht, es half nichts.

So kannte er seinen Freund gar nicht. Hatte er die angekündigte Heimsuchung der ersten der auf sein Sexualleben neugierigen Partybekanntschaften hinter sich? Hatte er sich das Rauchen abgewöhnt? Stand ein für ihn nicht ganz alltäglicher Termin bei einem Arzt an oder, was immerhin auch eine Erklärung seiner depressiven Stimmung sein könnte, einer bei einem Psychiater, einem Psychotherapeuten, einem Spezialisten für ... ja, wofür?

Unwillkürlich mußte Chuck an die Geschichte in Budapest denken, ein halbes Jahr her, als er sich nach einer Bleibe dort umschauen wollte und sich deshalb mit einem Bekannten seiner Freundin getroffen hatte, an das von ihm zubereitete Abendessen, an das lange gute Gespräch am Tisch seiner kleinen, nahezu leeren Wohnung, an das lange gute Frühstück am nächsten Morgen (er hatte, nach dem vielen Wein, kurzerhand bei ihm übernachtet), den Abschied am Bahnhof, wo ihn dieser vitale Mann kräftig in die Arme genommen hatte und ein baldiges Wiedersehen vereinbart wurde, an die Nachricht, die Chuck gleich nach seiner Ankunft in Wien erreicht hatte, kaum vier Stunden später, und kaum zu glauben: der Freund war tot, Selbstmord, Sprung aus dem Fenster der Nationalbibliothek, Sprung in die Tiefe. Er mußte direkt vom Bahnhof zum Tatort gefahren sein. Wie schnell die Wetter umschlagen, und wie lautlos! Er war zum einzigen, unfreiwillig letzten Zeugen seiner letzten Stunden geworden. Sosehr Chuck sich auch anstrengte, er fand nichts, was auf ein Leben hingedeutet hätte, das einer mit einem Ruck, wie auf Befehl, gewaltsam beenden will. Hatte er sich nicht, und das ausdrücklich, noch auf das am Abend stattfindende Konzert mit dem russischen Pianisten gefreut, wofür er gerade noch, glücklicherweise wie er sagte, eine Karte ergattert hatte? Der Eisschrank war gut gefüllt. An der Eisschranktür hingen kleine Zettel, alle mit *Erledigen!* überschrieben. Er sei, wie er erzählte, mit einem Buch, das er längst hätte zurückbringen müssen, noch nicht durch; er sei ein idiotisch langsamer

Leser – und nannte sich in einem anderen Zusammenhang einen ›idiotischen Idealisten‹. Und noch etwas kam aus dem Gedächtnis zum Vorschein. An den Wänden hatten Bilder gehangen, darunter eine kleine weiße Arbeit mit einem groben grauen Strich, der Andeutung eines eilig ausschreitenden Menschen, die Chuck auffiel und gefiel; was wiederum seinem Gastgeber gefiel, der dieses Bild offenbar ebenfalls allen anderen vorzog.

Wohin geht er, wollte Chuck wissen, was glauben Sie?

Er geht nicht, er läuft.

Er läuft, wohin?

Er nahm die Pfeife, die er sich angezündet hatte, aus dem Mund und überlegte eine Weile. Wohin? Aus dem Bild.

Als Chuck seine alte Freundin endlich am Telefon hatte und ihr vom Freitod ihres Freundes erzählte (»Am Ende angelangt, am toten Punkt – und konnte sich noch wie ein Rohrspatz über einen verstauchten Knöchel aufregen – er hatte vor, am nächsten Morgen zum Plattensee zur Weinernte zu fahren und sich nützlich zu machen; die Reisetaschen standen fertig gepackt im Flur schon bereit!«), sagte sie nur: Was weiß man schon von Menschen? Wie viele lernt man erst, wenn sie tot sind, richtig kennen.

Das schloß, so wie sie es sagte, auch den ein, mit dem sie gerade sprach.

Eine Sache, über die man zu lange spricht, verliert ihre Helligkeit, redete sein Freund langsam weiter, sie verliert ihre Farben. Und nach einer Pause: Die Buchstaben, die wir lesen, sind schon schwarz.

Was war das, wenn nicht vielleicht der genau richtige

Zeitpunkt, ihn zu seinem eigenen Glauben zu bekehren, ihm mit allen Argumenten, die er selbst gegen die Mutlosigkeit seiner Autoren immer ins Feld geführt hatte, zu widersprechen? Nur das nicht, dachte Chuck, nicht noch einer, der ›aus dem Bild‹ lief.

Tun wir, was wir tun müssen. Machen wir weiter. Machen wir sie staunen. Auch wenn das Schreiben von Büchern immer mehr nur noch einer Zeremonie gleicht, einer einsamen ungeselligen Beschäftigung, weitermachen mit den Büchern, mit dem Glauben daran. Mein Ziel ist das Buch, das den Leser ergreift, das Buch, das dich umwirft, das Buch, das den Menschen, die es lesen, etwas antut, das Buch, das im täglichen Durcheinander der Geschichte den letzten Ton hört, den, der überdauert, wenn der überflüssige Lärm verstummt ist. Sie wissen, wen ich da zitiere.

Ich weiß.[6]

Poesie als Heilmittel! Ärzte, die Verse verschreiben! Tschechow auf Krankenschein! Und weil wir, mein Lieber, gerade beim Thema sind, ich sollte diesen Pharma-Kapitalisten mal richtig einheizen, ihnen Feuer machen unter ihrem Arsch, eine kleine Bombe hochgehen lassen. Ich könnte mein Gedicht vortragen, diese sechs Seiten, mein *Sizilianischer Sonntag*, die ganze volle Ladung.

Aber was hilft es, sagte er.

Vielleicht nichts, vielleicht alles.

Vielleicht.

Vielleicht, ja.

6 Er zitiert Giangiacomo Feltrinelli (1926-1972), den legendären italienischen Verleger von u.a. Lampedusas *Der Leopard* und Pasternaks *Doktor Schiwago*

Hunger nach Sinn, sagte sein Freund.

Hunger nach Sinn, ja, sagte Chuck. Wie schön.

Und sein Freund wiederholte es. Ja, Hunger nach Sinn.

Sie waren eine Weile still.

Chuck sah ihn, während sie schwiegen, vor sich, weit nach Mitternacht, wie er ein Buch, in dem er gelesen hatte, zur Seite legte, seine Uhr vom Handgelenk nahm und – wie jemand, der einem abfahrenden Zug nachwinkt – eine Hand in die Höhe über seinen Kopf hob, sie streckte und drehte und dabei zuschaute, und das mit der Neugier eines Kindes, das nicht überrascht wäre, wenn sie, die Finger in fünf kleine Flügel oder kleine Propeller verwandelt, zum Fenster hinaus und auf und davon geflogen wäre, zum Himmel hoch und höher, wo die Hand, die fliegt, hin will?

Das aber wäre eine Geschichte, die sein Freund keinem der von ihm betreuten Autoren so leicht hätte durchgehen lassen, auch Chuck nicht. Nicht, daß er Geschichten mit einem glücklichen Ausgang denunzierte, aber sie waren schwer zu schreiben, und deshalb selten. Ihm fiel auf Anhieb keine einzige ein. Der Schatten fällt, der Geisterhauch des Scheiterns. Sind es nicht die in der Liebe Glücklosen, die die Unsterblichkeit der Liebe garantieren? Ich bin einverstanden, ich kann nichts dagegen tun, sagte er. Romane sind kein Kino. Oder wie der unglückliche Ungar behauptet hatte: Es tut keiner Geschichte gut, wenn sie gut endet.

Was sagen Sie zu folgender kleinen Geschichte, einer wahren Geschichte, wie Chuck betonte, eine, die ich selbst miterlebt habe, für die ich, um sie miterleben zu dürfen, sogar Eintritt bezahlt hätte. Ein Mann, der pleite war, suchte einen seiner Bekannten auf, erklärte ihm seine Notlage und bat ihn, ihm, bis er wieder flüssig sei, auszuhelfen. Aber gerne, sagte der, nahm einen Schein, einen Fünfhundert-Euro-Schein, aus seiner Brieftasche und schob ihn über den Tisch. Der Mann bedankte sich, fand aber, daß die Summe zu hoch und ihm mit weniger auch geholfen wäre und riss den Schein deshalb in zwei Hälften, steckte eine davon ein, ließ die andere auf dem Tisch liegen, bedankte und verabschiedete sich. Was ist das, eine Geschichte mit glücklichem Ausgang?

In jedem Fall die Geschichte eines glücklichen Menschen. Wenn nicht ihm, so ist doch jedem geholfen, der sie liest.

Mein Sohn, dem ich sie erzählte, hielt den Mann für einen ausgemachten Dummkopf. Und seinen Vater, dem die Geschichte, wie er sah, zu gefallen schien, wohl auch.

Nun ja, das Dümmste ist es nicht, ein Dummkopf zu sein. Flaubert, der ja alles andere als ein Dummkopf war, zählte die Dummheit zu einer der drei Voraussetzungen, um glücklich zu sein; als die zwei anderen nennt er Egoismus und gute Gesundheit. Es ist über die Dummheit immer schon sehr viel nachgedacht und auch viel Intelligentes gesagt worden. Man hüte sich, sie zu verdammen. Man streue Blumen über sie. Denken Sie nur an manche dieser herrlichen alten Hollywood-Filme, an diese bezaubernd leichten, gut gebauten und glänzend geschriebenen Komödien und die liebenswert ungeschickten Dummköpfe darin, die man einfach gern haben mußte – was die jungen Damen, nachdem sie ausgiebig in ihre Kissen geweint hatten, dann schließlich auch einsahen und sie heirateten! Aber ein bißchen Plot mußte sein, weshalb erst einmal eine bereits geplante Verlobung mit einem mit zu viel Bildung belasteten anderen jungen Mann, gern auch der Erbe eines großen Namens und eines entsprechenden Vermögens, wieder abgesagt werden mußte. Das Puzzle vervollständigten die jeweiligen Angehörigen, die aufgebrachten Mütter und ratlosen Väter, die sich schließlich vielsagend geschlagen gaben. Als erster fing sich der von der Willenskraft seiner Tochter beeindruckte Brautvater wieder. Seien wir ehrlich, sagte er, man muß sich eben, um glücklich zu werden, ein paar Dummheiten gönnen können. Das waren so die Sätze, die heute keinem mehr einfallen. Aber diese Autoren damals wußten, wie man ein Publikum unterhält und daß es kein zärtlicheres Kosewort gibt als *Mein Dummkopf* – vorausgesetzt natürlich, es kommt im richtigen Moment aus dem richtigen Mund. Ach, die Dummheit! Natürlich ist mit der der gröberen Sorte wenig anzufangen. Aber gibt es nicht so etwas wie eine Dummheit, die erträglich ist, weil sie keusch ist? Womöglich haben sich die Armen im Geiste deshalb die Gnade Gottes erobert, weil sie die Versuchung nicht kennen, sich seit zweitausend Jahren intellektuell immer mit ihm anlegen zu wollen. Und selbst die, die es nicht sind, die denken müssen, haben Heimweh. Die Nachricht, er habe den Nobelpreis für Medizin zuerkannt bekommen, erreichte den US-Wissenschaftler Stanley Cohen auf einem Schaukelpferd.

Ein lautes Ausatmen und das Scharren eines Stuhls machten Chuck darauf aufmerksam, daß er die Zeit seines Freundes bereits über Gebühr beansprucht hatte und sich wohl endlich entscheiden mußte, ob er den Herren der Heilkunde nun zu- oder absagen wollte. Und dann hörte er auch noch das Klingeln eines zweiten Telefons.

Der Vorteil, nicht wie sonst lange über die Höhe eines Honorars feilschen zu müssen, hatte was, zugegeben; aber was war es, was sie wollten? Was wollten sie kaufen, was ihm abkaufen? War es okay, daß Geld okay war? Ziemlich okay sogar, wie sein Sohn sich ausdrückte?

Chuck war sich seiner Entscheidung sicher. Es war das Geld, das sie ihm, in welcher Höhe auch immer, zu zahlen bereit wären, lächerlich. Es war Geld, wie es sich gewisse Leute zusteckten, diskret, mit einem kurzen nüchternen Kopfnicken; Geld, wie es in einem Umschlag in den Innentaschen von Jacketts auftaucht, die man zur Reinigung gibt und vorher noch einmal abklopft; irgendwo, irgendwie muß es dorthin gelangt sein.

Aber Sie sind pleite, hielt sein Freund dagegen.

Stimmt, sagte Chuck, bin ich. Na und?

Was wird aus einer Geschichte, wenn der Ort falsch ist, an dem sie erzählt wird? Bleibt die Geschichte die gleiche, wenn Chuck sie seinem Sohn erzählt, während sie am Rande der Sahara unter einem Sternenhimmel sitzen oder in Berlin in einem Hotelzimmer und auf die Pizza warten? Sie gehen an einem Strand auf und ab, viele Runden hin und her, bleiben manchmal stehen, es ist längst dunkel – wäre die Geschichte noch dieselbe? Ein Abend im Sommer, eine Winternacht – hat eine Geschichte ein eigenes Interesse, sich wohl zu fühlen? Nicht zu denken daran, daß Chuck, sobald er erst einmal ins Erzählen gekommen ist, noch immer gut ist für ein, zwei Flaschen Rotwein? Eine Bar wäre so sehr der falsche Ort wie ein Wohnzimmer. Wahrscheinlich käme man der Wahrheit der Geschichte an einem Ort am nächsten, der einfach nur das richtige Licht hat.

Was wäre gewesen, wenn … Wie die meisten Menschen stellt sich auch Chuck manchmal noch diese Frage und sucht nach der Antwort – oder nach einem, der sie kennt. Wenn er damals, als ihn die Sucht fast umgebracht hatte, nicht pleite gewesen wäre, hätte er sich aufgemacht und wäre in die Klinik nach Quiberon gefahren. Er hätte in jener Nacht die Bar in München also gar nicht betreten, dort nicht das so blühend junge Mädchen entdecken und es ohne Umschweife um seine Telefonnummer bitten können. Es hätte keine Befruchtung, keine Schwangerschaft und das Geschenk, einen Sohn zu haben, nicht gegeben. Und diese Geschichte nicht! Es gibt diese Geschichte, weil für etwas anderes kein Geld da war. Chuck ist dafür, mehr als er sagen kann, dankbar. Das Leben, das sich versteckt hatte, war zu ihm zurückgekehrt.

Sizilianischer Sonntag

Er würde eine Million hinblättern, einfach so,
nur um wieder einmal schmerzfrei pissen zu können.
Das Geld hätte er. Er war der Boß. Sein Badezimmer
war fast so groß wie die Kirche, in die er ging,
um zu beten.
Die Hände zu falten wäre unvorsichtig. Und ein Gebet
war es auch nicht, was er mit Gott zu besprechen hatte.
Mach mich gesund! Laß mich sterben oder mach mich
gesund! Gib mir einen neuen Schwanz,
einen anderen, weiter nichts,
einen, der tut, was ich will, einen, wie ich einen mal hatte.
Ich brauch das Ding, sagte er und sagte die Wahrheit.
Ich brauch das Ding, wie ein Kind eine Mutter braucht.
Ich muß, wenn ich leben will, pissen können.

Er redete mit Gott zwar nur in Gedanken, das aber laut.
Aber der Kerl reagierte nicht, auch auf Geld nicht.
Er reagierte einfach nicht, dieser Scheißkerl.
Und das war das Gefährliche.

Der Boß seufzte und stand, was auch weh tat, auf.
Er nahm seinen Hut, grüßte beim Hinausgehen
die Gläubigen, die guten alten Leute,
die kleinen fetten Mädchen und die Buben –
und bekam davon Kopfschmerzen. Man verehrte ihn,
er sah es, was alles noch schlimmer machte.

Du und ich, dachte er, Gott und Geld!
Das hat doch sonst immer funktioniert.
Wir sind alt genug, es zu wissen.
Und stopfte, was einem Wutanfall gleichkam,
den Opferstock mit Geldscheinen voll.

Bis es dunkel war, läuteten die Glocken.
Die Kirche war leer. Die schweren wehrhaften Portale
schlossen sich. Das Geld war mit Gott allein.

Was nachts geschah, gehörte ihm, die Straßen,
die Tische, das Glück und Unglück der Spieler.
Ihm gehörte, bis die Sonne aufging, jede Sekunde
auf jedem Zifferblatt, jede Hand, die gewonnen, und
jede, die verloren hatte. Jede Zahl, auf die einer setzte,
gehörte ihm. Doch jetzt zitterten seine Beine. Er hatte
den Vorteil, warten zu können, eingebüßt.

Er entschuldigte sich bei seiner Mutter,
die tot war, ihn liebte und ihm natürlich verzieh,
ihrem einzigen, ihrem geliebten kleinen Jungen,
den sie, mehr noch als zu ihren Lebzeiten, mit einer
Unbarmherzigkeit liebte, die Gott schläfrig machte,
wenn sie ankam, um für ihn seinen Segen einzufordern.
Sie kam jeden Tag, zu jeder Jahreszeit,
und mit jedem Jahr wurde es schlimmer mit ihr.

Und schlimmer mit dem Jungen.
Er schlug, weiter nichts, sein Leben in Stücke.
Er ließ nur die Geige heil, auf der er zum Entzücken
seiner Mutter herumkratzte. Aber es war nicht die Musik,

es waren die Finger, die ihn interessierten, ihre Unruhe.
Es war Training für alles, was eine Hand will.

Und eines Tages, er war alt genug, ging er aus dem Dorf,
holte sich, was er unter einem Stein da draußen
vergraben hatte, und kam zurück.
Es machte alles, was danach war, endgültig.

Er war nicht der einzige.
Es gab im Dorf andere.
Es gab in den Städten andere.
Es gab welche in Amerika, was immer Amerika genau war.
Es gab darüber viele Geschichten, zu viele.
Und es gab die Särge, die mit dem Schiff ankamen,
und die Gräber, die auf sie warteten.

Ins Auge des Todes treffen. Das war, was er wollte.
Ein Schuß, nur einer. Keine nervösen Wiederholungen.
So hat es angefangen. Sein erster Mord!

Es gab keinen Streit. Es gab nur einen Mann,
der dann tot war.
Es war einer, sagte er, der hoffte, nicht leben zu müssen.
Alle lachten. Und irgendwann lachten darüber auch die,
die nichts von dem, was er gesagt hatte, verstanden.

Kinder bewunderten seine Künste. Und los ging's.
Aus einem Vogel machte er zwei, aus einem Schmetterling
eine kleine farbige Wolke, aus einer Fliege nichts.
Einem Hahn schoß er die schönste Feder vom Leib.
Es wurde immer schwieriger, keinen Spaß zu haben.

Er war wieder hinaus zu den Ziegen gegangen.
Sie waren, wenn es nichts anderes gab, gut genug.
Eine gab es, die ihm gefiel, eine mit dreieckigen Ohren,
eine, die, wie es sein muß, wild war und hochmütig
und schwer einzuschätzen, wie sie ihn anschaute,
wenn er mit ihr fertig war und nach Hause ging!

Alles war wie immer. Der Himmel war da,
die Sonne. Hühner pickten an einem Toten herum.
Auf einem Stein saß, eingeschlafen, eine Frau.
An was wird sich einer, der tot war, am Ende erinnern?

Obwohl es Tag war, alle schliefen.
Der Friseur, der in der Tür lehnte, schlief,
der Mann hinter dem Karren mit dem Gemüse,
das Mädchen, das man gerne etwas gefragt hätte,
egal was. Sie war mit offenem Mund eingeschlafen,
wie die Männer in der Bar eingeschlafen waren,
das Glas in der Hand, mitten im Streiten. Über allem
lag eine die Sinne verwirrende Verlockung.

Seine Mutter wußte, wo er gewesen war und was er dort,
wo er gewesen war, getan hatte. Er ist wie die anderen,
dachte sie, wie alle. Tot oder lebendig, sie lügen.
Wenn sie nicht schlafen, lügen sie.
Sie gehen mit einer Lüge aus dem Haus und kommen
mit einer zurück. Sie dachte nach.
Nur wenn sie singen, dachte sie, dann nicht.
Such dir ein Mädchen, sagte sie, es ist Zeit.

Als er heiratete, wurde alles noch schlimmer.
Es war die Liebe sein Unglück. Er verstand davon nichts.
Er schaute es sich ab, wie man es macht,
eine Frau zu behandeln. Es gab Gesetze.
Was immer passierte, das Gesetz war stärker als die Liebe.
Nur das Schweigen war stärker als alles andere.

Es gab zwei, drei Frauen, an die er dachte, stärker dachte,
als eine Frau es verdient. Es war gegen das Gesetz.
Wenn es nicht Liebe war, war es etwas anderes der Art.
Aber es war gegen das Gesetz. Und irgendwo,
und das war gratis, warteten seine Mörder.

Er mußte, wenn er daran dachte, lächeln.
So war das Leben, dachte er, es dauerte eine gute und
eine schlechte Minute. Man war jung und man war tot.
Nach jeder Schießerei stand es in jeder Zeitung.
Man war die ganze Zeit mehr tot als lebendig.
Man war tot, während man ein Sandwich bestellte.
Es sprach sich herum. Und es war in Ordnung.

Da gab es mal, erinnerte er sich, vor langer langer Zeit,
in einem kleinen Dorf in Sizilien einen kleinen Jungen,
der, und das so schnell wie möglich, tot und berühmt sein
wollte. So viel dazu.
Es jagte ihm keiner, der kam, Angst ein.
Es war, wenn das Schicksal sich irrt, immer noch Zeit,
sich einzumischen.

Wie sie ihn langweilten mit ihrem Kintopp,
ihren Hüten, ihren Anzügen, den zittrigen Zigaretten,
ihren mit Dynamit gefüllten Torten zum Geburtstag,
den großen Reden, dem Gestank ihrer Küsse,
die Alten der alten Zeit und die Jungen,
verrückt nach Schnaps die einen, die anderen
nach Beerdigungen. Wieder einer, dachte er,
und, wenn er sich umschaute, keiner weniger!

Die Erde brannte, in die man sie warf,
die schwarzen Träume hinterher, schwarz
wie die Schuhspitzen schwarzer Schuhe.

Er wünschte jedem, den sie begraben und halb schon
vergessen hatten, ewigen Frieden, was unnötig war,
Zeitverschwendung. Sollten die Männer mit den
Schaufeln sich um all das kümmern,
und um alles andere die Engel.

Es langweilte ihn all das Blut, auch das eigene.
Die Dummheit langweilte ihn, das dumme Leben,
der Tod, dieser Dummkopf.
Ein Boß, der umgelegt wird, war das noch interessant?

Sein Leben, sein Geld, die aus Sand erbauten Städte,
das alles war, wie er selbst, unwichtig geworden.
Wichtig war seine Mutter gewesen, nicht seine Frau.
Seine Söhne waren wichtig, nicht seine Mörder.

Ich war seine Tochter.
Er liebte mich, aber ich war unwichtig.

Es gab keinen Wunsch, den er mir nicht erfüllte,
aber ich war unwichtig.
Er wollte, daß ich schön bin, und die Schönheit sein
Eigentum, und das für immer, und daß ich jung bleibe,
für immer zu jung für jeden, der mich anschaut.
Er hat zehn Männer, als sei es eine Selbstverständlichkeit,
ganz ruhig, nach einem kurzen klärenden Wort,
ins Jenseits befördert.
Schau nicht hin, hat er gesagt, es ist nichts,
es ist unwichtig.

Er war der Boß. Er war bewaffnet. Er war mein Vater.

Getauft auf den Namen der Jungfrau war ich Maria,
die Jungfräuliche.
Was sollte ich tun? Seine Hand ruhte auf meinem Kopf,
sie beschützte mein Leben.
Ich war, unwichtig, aber kostbar, seine Tochter.
Nur, dachten wir beide, was anfangen mit einer wie mir?

Er glaubte daran, daß es so etwas wie mich geben müsse,
ein Mädchen, zu anderen Zwecken nützlich als den
üblichen, der Welt, in der Männer wie er lebten,
in allem unähnlich, den Frauen unähnlich,
die es gab, also etwas Vernünftiges!
Eine von ihm gezeugte Heilige, eingeschlossen wie unter
Glas, unter kugelsicherem Glas, versteht sich.
Etwas wie ein Wunder!
Ein kleiner Himmel, der ihm gehörte.
Ein letztes Versteck!

Vielleicht war er verrückt, aber das war ich auch.
Wenn ich blutete, sang ich. Das war meine Idee.
Ich blutete aus Liebe zu einem Verrückten.

Nachts, wenn die Schmerzen kamen, hörte ich ihn schreien. Ich hörte ihn jede Nacht.
Es war schwer zu ertragen.
Noch schwerer zu ertragen war, ihn, wie er es wünschte, allein zu lassen, ihn allein schreien und leiden zu lassen.
Es war lebensgefährlich, sich in das alles einmischen zu wollen. Er war da schon zu betrunken.
Wenn es draußen hell wurde
und die Schmerzen nachließen,
war er betrunken.
Aber seine Gedanken waren nicht bei dem Alkohol, den er trank. Er trank nicht mehr, wie ein Mann trinkt.
Er trank, weil er keiner mehr war.
Und weil es einen Gott gab, der keiner war.
Er ging ihn suchen. Er hat, um ihn zu finden, getötet.
Er war nur noch ein großes, grausames Kind.

So stand er vor seinem Gott, nackt und schreiend.
Er schrie bis zum Ersticken. Er schrie mit vor Wahnsinn weiß gewordenen Augen. Ich will sterben, schrie er.
Bring meinen Schwanz in Ordnung, schrie er,
oder schick deine Mörder.

Er ließ alles, was Gold war, einschmelzen,
das Gold seiner Ringe und Uhren, das Gold der Manschettenknöpfe,
der Broschen und Halskettchen, seine aus purem Gold

gefertigten Bettpfosten, das Gold,
das aus den Spiegeln und Gemälden floß,
aus Bechern, Nadeln, Kandelabern,
und legte den Klumpen auf das auf dem Altar
in der Mitte aufgeschlagene Buch.
Er hatte kaum noch Kraft zu atmen, und schrie weiter.
Die Zähne faulten ihm vom Schreien. Hier, schrie er,
nimm es, es ist mehr, als der Glaube an dich wert ist.

Man wird ihn erschießen müssen, sagten seine Freunde
und losten unter seinen Söhnen den aus, der es tun
sollte. Schließlich war ich es,
seine Tochter, die es erledigte.
Schau nicht hin, sagte ich, es ist nichts, es ist unwichtig.
Und schoß. Ich gab mein Bestes, und es war gut.

Nachweise

Wir danken folgenden Verlagen für die freundliche Abdruckgenehmigung:

S. 5, aus: F. Scott Fitzgerald, *Zärtlich ist die Nacht*, aus dem Amerikanischen von Walter E. Richartz und Hanna Neves. Copyright der deutschsprachigen Ausgabe © 1982 Diogenes Verlag AG Zürich.

S. 123, aus: Fernando Pessoa, *António Mora et al. Die Rückkehr der Götter/Erinnerungen an den Meister Caeiro.* Übersetzt, herausgegeben und mit Anmerkungen und einem Nachwort versehen von Steffen Dix. Ammann: Zürich 2006, S. 11 © by S. Fischer Verlage, Frankfurt.

S. 126, Marcel Proust; S. 139, Hermann Hesse © Suhrkamp Verlag Berlin.

Wolf Wondratschek
im Carl Hanser Verlag

Früher begann der Tag mit einer Schußwunde
1969. Reihe Hanser

Ein Bauer zeugt mit einer Bäuerin einen Bauernjungen, der unbedingt Knecht werden will
1970. Reihe Hanser

Paul oder die Zerstörung eines Hörbeispiels
Hörspiele
1971. Reihe Hanser

Omnibus
1972

Die große Beleidigung
Vier Erzählungen
2001. Edition Akzente

Mozarts Friseur
2002

Orpheus in der Sonne
Vier Gedichtzyklen
2003. Edition Akzente

Mara
Eine Erzählung
2003

Saint Tropez
und andere Erzählungen
2005

Wolf Wondratschek im Deutschen Taschenbuch Verlag

Chuck's Zimmer
Gedichte – Lieder. 2007

Die Einsamkeit der Männer/
Carmen oder Bin ich das Arschloch der achtziger Jahre
Gedichte. 2005

Früher begann der Tag mit einer Schußwunde/
Ein Bauer zeugt mit einer Bäuerin einen Bauernjungen,
der unbedingt Knecht werden will
2007

Die große Beleidigung
Vier Erzählungen. 2008

Im Dickicht der Fäuste
Vom Boxen. 2005

Kelly-Briefe
Mit einer Notiz von Christian d'Orville. 2006

Lied von der Liebe
2008

Mara
Eine Erzählung. 2006

Mozarts Friseur
2004

Saint Tropez
und andere Erzählungen. 2008

Tabori in Fuschl

Das Mädchen und der Messerwerfer. Orpheus in der Sonne. Tabori in Fuschl. Abschiedsstücke. Auf dem Weg zu Salomé. Coda. 2006

Einer von der Straße

Roman. 2006

Die weißen Jahre

Reportagen und Stories. 2007